曹植墓

曹植墓旁的梵呗寺

曹植墓旁的梵音洞

曹植墓景区的石狮子

曹植像以及《七步诗》

曹植墓景区的子建祠

曹植墓碑

曹植墓出土文物

阿胶井

东阿毛驴

阿胶传统工艺流程图示 1

阿胶传统工艺流程图示 2

阿胶传统工艺流程图示 3

东阿阿胶获得的奖章 1

东阿阿胶获得的奖章 2

东阿阿胶获得的奖章 3

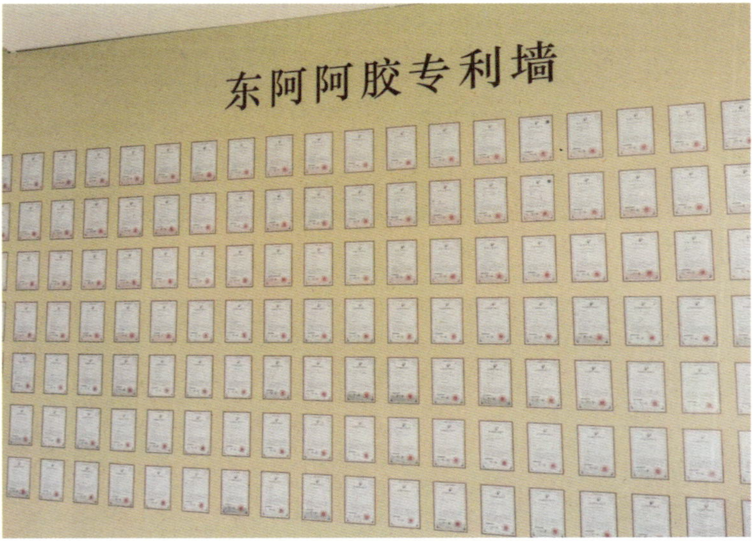

东阿阿胶专利墙

制胶工序

金锅、银铲、铜勺

化皮蒸球

百年来阿胶产品的变化

博物馆收藏的阿胶及仿单

九朝贡胶

现代化熬胶设备 1

现代化熬胶设备 2

阿胶傳奇

东阿阿胶股份有限公司董事长高登锋　题

刘玉兰　著

中国工人出版社

图书在版编目（CIP）数据

阿胶传奇 / 刘玉兰著. 一北京：中国工人出版社，2022.12

ISBN 978-7-5008-8078-3

Ⅰ. ①阿… Ⅱ. ①刘… Ⅲ. ①长篇小说－中国－当代 Ⅳ. ①I247.5

中国版本图书馆CIP数据核字（2022）第252920号

阿胶传奇

出 版 人　董　宽

责任编辑　葛忠雨　严　春

责任校对　赵贵芬

责任印制　黄　丽

出版发行　中国工人出版社

地　　址　北京市东城区鼓楼外大街45号　邮编：100120

网　　址　http://www.wp-china.com

电　　话　（010）62005043（总编室）

（010）62005039（印制管理中心）

（010）62379038（社科文艺分社）

发行热线　（010）82029051　62383056

经　　销　各地书店

印　　刷　天津中印联印务有限公司

开　　本　880毫米×1230毫米　1/32

印　　张　7.75

字　　数　187千字

版　　次　2023年3月第1版　2023年4月第2次印刷

定　　价　49.80元

前　言

刘玉兰同志是科技战线的老兵，从国家组建科委（现科技部）开始，她就在科委工作，截至目前，时间已接近50年，称她为科技老兵是不夸张的。我自1995年到科技部工作就跟玉兰同志认识并共事，至今也有27年，是老同事，也是老朋友。玉兰同志工作踏实认真、细心严谨、为人热情，她无论做什么事情，都是雷厉风行、坚忍不拔，这与她那军人气质和山东人性格是分不开的；科技部同事无论大小都称她为“老大姐”，可见她是很有人缘的人。所以她邀请我为她的新作《阿胶传奇》写前言，我是欣然接受的。

玉兰同志曾在科技部多个重要岗位上有过锻炼，在工业司、高新司、863联办、火炬办等业务部门都工作过，正是有了这些部门和岗位的多年工作经历，使得她对科技工作有更加独到的见解，对高新技术、创新培育、成果转化、产业扶持等有更加深入的思考，相信这是她在山东聊城挂职锻炼期间，推动当地科技工作取得重要进展的最大力量源泉和底气。据我了解，玉兰同志在聊城工作期间做了很多扎实的工作。工业上，她通过引入大批专家和人才，推动了中通客车和时风农用车在新能源汽车方面取得进展；农业上推动科技特派员下基层，聘请山东省内外2000多名涉农科技专家深入农业一线，为农民解决实际生产困难，带领农民发家致富等。与此同时，她还大力扶持当地阿胶产业的发展，使其从籍籍无名发展成为靓丽名片。也正是此因由，使她近20年都在关注阿胶产业的发展，这也成为她撰写本书的缘起。

我一直认为，中国中医药是一个巨大的宝库，积聚了中国人民数千年的智慧。我无论在国内外任何一个医药卫生会议上，都不会忘记为我们国家中医药摇旗呐喊。中国正是有了中医中药，才有了人民的健康，才有了中华民族绵延5000年的历史，它的贡献是居功至伟的。但与此同时，我们也要看到，随着科技的发展，与西医西药相比，我国中医中药在工业化、产业化、向全世界推广上还有不少的路要走，还需要我们下大力气实现突破。看了玉兰同志的新作，我以为，山东的阿胶产业做了探路者，摸索了一条中医药工业化的路径，这是我国中医药走上现代化的重要尝试，也是我国中医药探索与世界医药接轨的一个缩影。在这方面，玉兰同志在聊城是作出了重要贡献的。

阿胶是我国中药特有产品，至今已有超过2000年的历史，玉兰同志在书中做了全面的介绍。这本书以聊城阿胶产业的发展与变革为脉络，以各个重要发展阶段为主要情节，讲述了一个阿胶人家的故事，娓娓道来，引人入胜，看了让人颇有启发。我以为，书中内容反映的不仅是阿胶的发展，也是中国中医药力求走向世界的豪迈故事。

上千年的古方阿胶，充分借助现代科学知识的力量，从开始用大锅熬制到全部实现自动化生产，从产学研合作、标准化生产再到知识产权保护等方面实现新发展，不仅实现自身的跃迁，也充分展现了中西文化融合的魅力，让人眼前一亮。我始终认为，中西方文化的融合是未来科技发展的重要方向，中国中医药只要插上科技的翅膀，就有可能实现更高的腾飞。

中华民族已经迎来了新的伟大征程，这离不开亿万人民合力同心，更需要千千万万有格局、有情怀、有能力的科技人才和科技企业奋发有为。我衷心希望，像玉兰同志这样将一生热情都奉献给科技事业的科技工作者越来越多，像阿胶这样的励志故事，像阿胶这样的蓬勃产业越来越多，唯有如此，我们国家的科技事业才更有希望。

见微知著，落叶知秋。我希望，读了玉兰同志这本新书的朋友们，都能在书中的小故事里洞见一个大世界，看到一个大未来，实现一个大梦想。

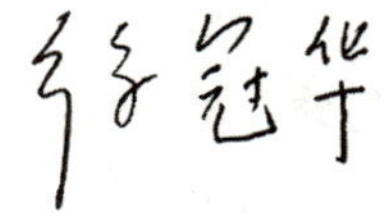

中国科学院院士、国家科技部原部长、第十一届全国政协常委、教科文卫体委员会主任

此“司文”非彼斯文

——我眼中跨界成功的女司长刘玉兰

如今流传一个词叫“跨界”，“跨界”即行业与行业的相互渗透、相互融会，“跨界”现在已经成为国际最潮流的字眼，从传统到现代，从东方到西方，跨界的风潮愈演愈烈，已代表一种新锐的生活态度和审美方式的融合。

“玉兰”是花，她的花语包含高洁、芬芳、纯洁、真挚、报恩的意思，象征着一个人高洁优雅的品格。

刘玉兰是人名，是我的一位好朋友。她人如其名，亦同一株圣洁的玉兰花。

玉兰出身行伍，曾经是绿色军营中一位飒爽英姿的女兵。乃至年过花甲仍然一身阳刚之气，走起路来，灵动敏捷，气宇轩昂；说起话来，干脆利索，快人快语。

玉兰算得上地地道道的“跨界”——从政到从文。她当过市长，当过司长，退休后又成为中国生产力促进中心协会的理事长，是名符其实的政府官员。现在又“跨界”从文写起小说来，而且出手不凡，竟写出一部厚重的长篇《阿胶传奇》！

可让朋友们万万没想到的是她对人满腔热忱、一心向善地帮助他人的成果——经她牵线搭桥成功的新人高达一百多对。朋友们戏称她为婚姻介绍所。这只是她乐于助人故事的冰山一角。

三年前，我读了她创作的《阿胶传奇》的初稿，大吃一惊！《阿胶传奇》不仅内容非常丰富，情节十分跌宕，还将曹植墓和《本草纲目》《水经注》《神农本草经》等非物质文化遗产因素都隐含其中，并巧妙、完整地记载阿胶的整个生产过程。

本书还反映了旧社会女性裹脚、包办婚姻、男权主义等历史现象。从半封建的旧社会到抗日战争，再到解放战争乃至新中国的成立，通过对女主人公阿娇的生活的描述，反映了那个年代的女人的生活状况，她们虽然困苦，但她们身上源于中华民族的坚忍不拔的精神却跃然纸上，直让人唏嘘不已。

本书将山东的黄河作为背景，泰山山脉和太行山山脉在这里交汇融合，使阿胶井的水含有丰富的矿物质，也正是这一特点，能够把胶原蛋白进行充分的分解，进而制出美妙绝伦的阿胶。书中又把我国中药现代化、科学化的历程进行了清楚的表述，可谓十分神奇。

1915 年，在美国旧金山巴拿马万国博览会上，阿胶就曾获得过金奖。我国历朝历代都把阿胶作为滋补品或药品，我们民族能有 5 千年的历史，一定与我们的中医中药有关，这就是我们特有的、世界上独一无二的中国故事。

老将军曹天贵对待婚姻对待家庭有他们那一代人的苦衷，他把前妻做的 12 双布鞋和鞋垫视若珍宝，珍藏一生，临到去世也没忘记他的阿娇姐，这足以证明老将军的一片真情、真心。

书中无论是黄阿娇，还是她的父亲，乃及街坊邻居，都完美真实地体现了鲁西那种纯朴的村风民俗，一家有事大家帮忙、互敬互爱的民风一直在延续，这也是中国特有的传统。

阿胶从发展到不断壮大，从单一品种小批量生产到大规模现代化，还有养驴产业的专业化发展，给读者带来的是一种创新精神和一个励志的故事新视角。

我读完玉兰创作的《阿胶传奇》，既感动又振奋，认为这是一部当代难得的好作品。

我对玉兰钦佩不已。她能在从政到从文之间自由切换，轻松跨界，因为她有深入骨髓和灵魂的对善、美、爱、智慧的不懈追求，还有永不枯竭的想象力、创造力，加上她的勤奋和热情，注定她是一位有着鲜明特色的跨界成功者。

作家都有一定的虚构能力，但再强大的虚构，还是有赖于经验的积累，这个经验不仅限于生活给予的直接经验，还有太多的间接经验。间接经验来自于阅读、思考。假如玉兰没有对曹植墓的考察研究，假如玉兰没有对《本草纲目》《水经注》《神农本草经》等著作的阅读，假如玉兰没有对阿胶产业的关注，是不能创作出厚重的长篇小说《阿胶传奇》的！

在长篇小说《阿胶传奇》即将出版时，我写下以上的文字表示祝贺！

丹红

首都师范大学文学院　教授

中国作家协会　会员

北京影视动画协会　副会长

2022 年 10 月 6 日

目录

序　章

2007年8月1日上午。

北京某部队大院礼堂里隆重召开了庆祝建军文艺会演。山东东阿籍戎马一生的老将军曹天贵，为了参加这次期盼已久的重大活动，提前3天就把将军礼服准备了出来，并翻箱倒柜找出在军旅生涯中所获的全部军功章，整齐有序地别在上衣的整个左前方。又一遍遍地试着穿上再脱下来，在镜子前眨眨眼睛，小声地嘀咕："就你能，还活着呢……我的战友们可大都牺牲了，我替他们活到了今天，我还活着呢，享受着和平和幸福。带我走上革命道路的姚远表哥却没能活到今天，没能看到新中国的繁荣。"

他思绪万千，不禁想起来有一次开会碰到东阿老乡——政治部的田主任，说到了共同的家乡——东阿。田主任说："曹植墓在东阿，连毛主席都知道的！你们曹家人祖祖辈辈为曹植守墓，真的了不起……"

老伴儿林爽英对保姆小王小声嘀咕着：

“看他美得忘了自己是谁了，还认为自己十八呢。”

说完问曹天贵：“我陪你一起去吧？”

“不用！不用！如果国家需要我，我还能上战场打仗呢。哪还用得着你陪，谁也不用陪我，我自己能行。”

他身着隆重的将军礼服，胸前佩戴着军旅生涯所获的全部军功章，参加完将近两个小时的活动后，缓步地走出礼堂。

手里紧紧握着《纪念荣誉证书》和纪念章，兴奋和激动的情绪还未散去，一幅幅画面在脑海中如电影一般呈现，想到表哥，想到田主任，想到李将军……更多的是想到他年少时的大媳妇阿娇姐……边想边觉得自己真的是老了。

人们常说，人老了就容易怀旧。他常想到阿娇姐这一辈子真的不容易。她是自己这辈子最对不起最亏欠的人，有太多太多的话想跟她说说。唉！她会不会还是那个脾气，一想到这里，他心里就七上八下没了底气，“唉……是咱对不起人家，也许这辈子再也没有见面的机会了”。

他没有直接回家，而是缓缓地走出大院，坐在街边小广场的长椅上。初秋的阳光暖暖地照着他恬淡微笑的面庞。在这次参加活动前的翻箱倒柜中，他又一次看到了藏在他心底半个世纪的秘密……他书房的这个保险柜从来不允许任何人动，保险柜的小钥匙藏的地方也只有他自己才知道。这次他把小钥匙放在贴身的衬衣口袋里。

在长椅上坐定后，曹天贵解开将军服的风纪扣又顺势解开上衣最上边的两个扣子，用右手掏出衬衣口袋的小钥匙，看也没看就用力地扔到远方的草丛里了。

一片金黄的银杏叶从空中飘落在长椅的另一端，老将军刚要侧身拿起这片鹅黄色的银杏叶，就看见一个胖乎乎的五六岁的小男孩飞奔到草丛里，用胖嘟嘟的稚嫩的小手从草丛里捡起了被自己扔出去的保险柜的小钥匙。看上去这个小男孩十分顽皮又非常可爱，小男孩拿着小钥匙飞跑到将军身边说：“爷爷这个是您刚才扔的吗？您怎么不要啦？”并且熟络地和老人一问一答聊起天来……

小男孩毫无拘束地问道：

“老爷爷您是将军吗？”

“呵呵，你个机灵鬼！怎么知道的……”

“我长大以后也想当将军……”

“那你得先做个好兵啊！”

……

“望望，望望！你怎么自己跑这儿来了？”

男孩的妈妈打断了这一老一小的对话。

老将军抬头望去，这个看上去年龄有三四十岁的女性既稳重端庄又亲切大方，阳光给她的发髻描出了金色的轮廓……此刻的画面好像定格了，又好像在变幻，眼前这位孩子母亲的着装仿佛幻化成了年代久远的大襟袄，手里的提包也变成了盖着蓝棉布的提篮，老将军分明看到了那个七十多年前的阿娇，面带着一样的微笑和红润。

老人在幻觉中站起身来往前踱步，微弱又不断地呼喊着："阿娇姐，阿娇……"家乡的鱼山、弦子戏、金戈铁马、两小无猜的笑声、藏书洞里的读书声……一幕幕犹如电影残片的画面和声音浮现在眼前……

砰的一声……

"老爷爷你怎么啦！"

眼前一黑的老将军倒在地上，男孩带着哭腔的声音响在他的耳畔，但老将军已经无力再说话，黑暗中救护车声夹杂着一片家人紧张的哭喊声和嘈杂声。

救护车呼啸地拉着老将军，向 301 医院飞驰而去……

第一章　婚姻无奈情也真

第一节　保险柜里有秘密

2007 年的 8 月 3 日，从山东东阿县走出来的将军曹天贵，在 301 医院的病房里结束了他光辉传奇的人生。他去世后留下的唯一财产，是一个老式的铁皮保险柜，这个老式的保险柜成了全家人争论不休、猜疑不断的焦点。这里包括前妻的儿子，现在的妻子林爽英及她的几个子女。

保险柜里一定有值钱的稀罕物件！

要不就是古文物？喜欢古文物的四女儿是这样认为的。

要不就是稀罕精巧的手枪……警卫员这样想却不敢作声。老将军一生爱枪如命。

一定是爸爸一辈子存的私房钱！

二女儿和三女儿默契地交换着眼神。

因为孩子们都知道老爷子一辈子喜欢捣鼓点收藏，还有的孩子说亲眼看见他们父亲偷偷把玩过玉石或者翡翠等物件，也有的孩子说是打仗时缴获的手枪，总之说得有鼻子有眼。于是家里人决定，高价请个开锁的人来家里，当着全家和秘书的面，把保险柜打开。

追悼会开完后，他们就悄悄地从街上请来一个开保险柜锁的老师傅，经过开锁的师傅连撬带砸，保险柜终于被弄开了。当这个二十世纪五六十年代的老式保险柜被打开后，在场所有的人都面面相觑，不知说什么才好。曹天贵的六个儿女和现在的妻子，呈现出的是满脸的尴尬和无奈，特别是曹天贵的妻子林爽英，蜡黄的脸上露出了委屈和伤感。六个儿女中，有的嗤之以鼻，有的不屑一顾，还有的仿佛被愚弄了一般现出气愤的表情。

74 岁的林爽英心里五味杂陈，她用双手捂着脸，呜呜咽咽地哭个不停，泪水顺着指缝滴滴答答地掉在木质的地板上……大家围过来有的叫妈，有的叫阿姨，劝说林爽英要节哀顺变，注意自己的身体，不住地宽慰着她。

保险柜里既不是大家原先猜想的值钱的古玩字画，也不是玉器黄金存折，更不是一个老军人挚爱一生的手枪，而是 12 双样式各异的精细的手工制布鞋。

其中有单鞋有棉鞋，样式各异，有尖口的、圆口的、方口的，还有一双只有在古装电视剧里才能看到的像古董一样的牛鼻子铲鞋。每双鞋的鞋口、鞋面、鞋帮、鞋底，做工都极其精细考究，每一双鞋简直就像一件特殊的工艺品。这么多双男人的鞋不像用来穿的，而像一件件精美的工艺品，每双鞋里的鞋垫更像精美绝伦的展览绣样。十二双鞋垫全部是绣制而成，有的绣的是花鸟鱼虫，有的绣的是风花雪月，还有一副鞋垫绣的是一对安详的鸳鸯，它们那悠然自得的样子仿佛游在水中一样，真有点只羡鸳鸯不羡仙的味道。那针脚大小匀称、纹路漂亮，都是用七彩丝线绣制出的精美图案，熠熠生辉。

这些精美的女红只有曹建龙认识，这些都应该出自他娘黄阿娇之手，依稀记得他小的时候，穿戴的小衣服、小鞋子、小帽子上，好像也有过类似的图案。曹建龙在看到这些鞋和鞋垫的一刹那，对父亲抛弃自己和母亲，贪图荣华富贵，让自己没有一个完整的家庭……这一生的怨恨都忽然烟消云散了。老爷子一辈子都把这些鞋和鞋垫当作心肝宝贝一样地藏在保险柜里，这份情意是何等的纯真、何等的无价，他对母亲的真情全都在不言之中。

在曹建龙的眼里，这些色彩斑斓的绣着图案的鞋垫，构思起来颇费心思。那可是母亲用滚烫的针线，用缠绵悱恻的情感制作的厚重的作品。老父亲用特殊的方式来珍藏母亲的真情，用保险柜一直保留下来了。经过南征北战，经过解放西藏，经过腥风血雨的朝鲜战场，曹建龙的心底在流泪在颤抖，他真想双膝跪地对天高喊，爹啊！儿子今后不再怨您恨您，您对得起我娘也对得起我啦！

林爽英看到这些布鞋，越想越生气，越想越窝囊，越想越委屈……这一辈子为了家庭，为了 5 个孩子，自己事业上一事无成。一想到曹天贵咽气前，都没有正眼看过她，只是闭着眼睛，在昏迷中反复喊着："对不住，大孩他娘，他娘……"人之将死其言也善，她当时对于一个即将要咽气的人，又能说些什么呢？现在，一想到这个与她做了五十多年夫妻的人，自己为他生儿育女，可自己在他心里却没有一点点的位置，委屈的泪水就像决了堤，一泻千里。心中的伤口无法愈合，泪水和委屈相伴，越哭越伤心。家里也乱作一团。

第二节　小女婿娶了大媳妇

曹天贵出生在山东东阿县的曹庄。曹庄位于黄河的南岸边上，这是鲁西的一个小小的村庄，姓什么的都有。他们都是在黄河的岸边上依靠在河滩上开点荒，种点庄稼，勉强糊口，几乎家家户户度日如年地生存着。如果黄河不发大水，也能收成一季半季的。受了灾就会颗粒无收，有的年景不好还要出去逃荒要饭，远走他乡。只有姓曹的人家是庄上的老户，原因是，他们家是世世代代为曹植守墓的人。

曹家的家门口有口水井，水眼很旺，几百年来，南来北往的、逃荒要饭的，只要能喝上水就能生存下来。他们在村边上搭个小棚子，挖个小地窝棚，捡点庄稼柴火烧口稀的或出去讨口吃的，就能在这里生存个一年半载的。庄上的外来户也学着当地人，在黄河岸边支口大铁锅，将驴皮浸泡、去毛、刮净，跟着东阿人学熬胶，也能混口饭吃。

由于制作阿胶这个祖传手艺的传承，曹庄的人口在清朝末年开始多了起来，最多的时候也有三四百口人。历史上对东阿就有记载，“阿胶出东阿故名阿胶”，所以只要人勤快，熬出的胶好，就不愁卖不出去。

曹庄紧挨着曹植的墓，曹天贵家祖祖辈辈都是这位建安七子之一东阿王——曹植的守墓人。当年曹植虽然在宫廷的权力斗争中败给曹丕，但曹丕欣赏他的才华不但没有杀他，反而将他封为东阿王，又称为陈思王。曹植死后就葬在东阿县的鱼山脚下，他这个才子的墓地与众不同，别人的墓地一般是坐北朝南，而这个才子的墓地却是坐东朝西，也就是说他头枕着黄河，面朝中原大地，对已失去的权力依然是耿耿于怀、念念不忘。

说来也巧，曹天贵祖祖辈辈都是单传，到了曹天贵这一代依然没有逃脱单传的命运，曹天贵的母亲姚氏，就生了曹天贵这么一个宝贝儿子，肚子就再也没有了动静，还整天病歪歪的，曹天贵十二岁的时候在父母之命媒妁之言下，与本村一位二十岁的大姑娘黄郎中的独生女儿黄阿娇结成了夫妻。

第三节　阿娇苦命惹人疼

黄郎中原名叫黄三虎，家住山东单县黄杨庄，家里有兄弟四五个，从小没了娘。由于家里实在太穷了，在一个灾荒年月，哥儿几个埋了因贫病交加而逝去的父亲后，就搭伙结伴，外出逃荒要饭去了。黄三虎和几个兄弟在一次庙会上讨饭走散后，就流落到了东阿县曹庄，那时曹庄几乎家家户户都以熬胶为生。曹庄有一户姓齐的人家，主要靠收胶、卖胶为生，后来就前店后厂，有时也用阿胶配成各种药为人治病疗伤。由于黄郎中为人忠厚老实又勤快，齐家老东家又和他有过类似的命运和经历，就收下他在齐家药铺做起了伙计，结束了他流浪要饭的生涯。

这一干就是二十多年。在快要四十岁的时候，他用自己积攒的钱买了几亩河滩地，盖了几间平顶的土房，在齐家掌柜和老乡们的撮合下，娶了邻村柳家湾柳家最小的女儿“丢丢”为妻。因为她从小体弱多病，父母给她取名叫“丢丢”，本来是要丢掉的，却赖赖巴巴活到二十多岁，人长得不差，却又矮又瘦病病歪歪。据她说，她娘是在四十九岁才生下她，当时她大哥大姐都二十好几了。她娘一是嫌弃她是个闺女，二是这么大岁数还生孩子觉得丢人现眼，生下她后连脐带也没有扎，就用一块破棉被一裹扔在灶火窝里，自己由于自生自接虚弱过度昏睡过去。她爹从地里回来才看到已经不会哭的孩子，赶快抱起来，从脐带里流出的血已经把包她的破棉被都浸透了，她爹骂她娘：“你这不是坏了良心吗，她好歹也是一条小生命啊！”是爹心疼她，逼着她娘将这个病恹恹的姑娘养活到二十多岁。但是由于体弱多病一直没嫁出去，她爹也时不时用粮食偷换点阿胶给她补补身子，后来是邻居赵大娘托人说媒，才给黄郎中说上的这门亲事。由于黄郎中的精心调理，柳家这个只剩半条命的老姑娘身体才逐渐好了起来，并且还怀上了孩子。这事一时在街坊邻居中传为佳话，有的还称黄郎中为神医、救命大仙。

老东家齐永存也出身贫苦，年轻的时候在天津同善堂当伙计，他一开始到东阿做阿胶生意是以收阿胶为主，把收的阿胶卖到天津大药房，后来也开始熬胶，就在他正好需要帮手的时候，碰到讨饭的黄三虎，齐永存就收黄三虎当了徒弟。老东家齐永存见人就夸："三虎好啊！三虎成彪，他一个人顶三个人能干。"人前人后都夸他肯吃苦，干活儿从来不惜力气。齐家虽然是前店后厂，但对黄三虎从来也不藏着掖着，把熬胶、阿胶配药的各种知识和技能等能教的毫无保留地都教给了黄三虎。也有亲戚朋友到齐老板面前说，你就不怕教会徒弟饿死师傅吗？齐永存听了，总是笑呵呵地说："阿胶是咱老祖宗留下的宝贝，要传就传给三虎这样的后生……"

黄三虎跟着齐老板当了二十多年学徒，除了学会了用阿胶配上其他药调理慢性病外，还学会了专治年轻妇女血亏、不孕，老年妇女绝经血崩症的方法。在齐掌柜手把手的传授下，黄三虎熬胶、配药、把脉问诊都越发炉火纯青。由于他对人好、手勤、嘴勤、腿也勤，年轻又好说话，慢慢地就有人请他外出到别的村出诊看病了，一来二去大家都叫他黄郎中，他原来的名字竟被大家忘掉了。

黄阿娇的娘自从怀上孩子，黄郎中高兴得每天出门都要唱几段山东梆子戏。由于阿娇娘快要临盆，黄郎中便尽量少出远门。

有一天，快到吃中午饭的时候，齐掌柜派人来叫黄郎中说，有福建的大客户来，让他去陪客人。他看媳妇也没什么事就说：

“饭在锅里你自己热热吃吧，我去去就来。”

媳妇说：“我没事，你去吧。”

谁承想这成了她这一生对黄郎中说的最后话语。

福建客户见到黄郎中就高兴地说：

“我们从东昌府一路打听着过来，提到齐家铺子大家就提到你黄郎中，全竖大拇指，说你们的胶好人更好。我们南方冬天潮湿，阿胶是最好的滋补品，南洋国家的一些华人特别是老年人，也都十分喜欢阿胶。”

还聊到阿胶的各种妙用，大家越聊越欢。齐掌柜正张罗着大家喝酒吃饭，这时赵大娘的大孙子上气不接下气地跑过来，不管不顾地拉着黄郎中的手就往外跑，边跑边说：

“大爷你赶快回家吧，你家出事了！”

“能出啥事？”

怎么问孩子都只顾往前跑不搭话，像被狗撵着般。黄郎中于是上气不接下气地跑回家中……

满院子的婶子大娘们自动让开一条路，黄郎中首先看见几个平时最亲近的邻居都挤在自己家的厨房里，赵大娘用平时她自个儿穿的衣服包着个孩子，孩子哇哇大哭，好像在向这个世界宣布自己的到来，多么无助和不幸。媳妇则躺在灶火窝里，厨房的地上、柴禾上到处都是血，身上盖着个自己家里的被子，也被血染透了。他跪下来抱着媳妇号啕大哭，任凭他哭得惊天动地，媳妇却只有出的气没有进的气……

大娘大婶们这个劝一阵儿那个劝一阵儿地说："你老哭也不是个办法，还有很多事呢，孩子娘已经咽气啦，还得差人给她娘家送个信儿去。"大家忙乱中，孩子已被赵大娘抱回家安顿下来。

几个邻居说：

"你得赶快找出你媳妇的好点的衣服来，好给她穿上，过一会儿人凉了就穿不上了。她拼了命地把孩子生了出来，得让她体面地走，还得准备好棺材，事儿多着呢。人死了不能复生，老哭也不行啊！"

也有的邻居小声说：

"这孩子可真够命苦啊，出生就没有了娘。"

庄上一些问事的（黄河故道一带的乡野村庄，"问事的"是对人的一种称谓，意为把婚丧嫁娶的事宜委托一个或多个人过问、办理。问事的人多为村里德高望重、办事公道的乡贤）来帮助操办黄郎中媳妇的后事。

赵大娘边哭边对黄郎中说：

"孩子没事了，在我家老大家里呢，大媳妇帮助照看着哪，你尽管放心。我从地里回来，路过你家门口就听到你家厨房里有叫喊声，有哭声，我进来时看到孩子已经出来了，你媳妇的血就像水一样往外流。我赶快把孩子抱起来，给她盖上被，又喊咱们这些邻居快过来。从我过来到你回来也就两三袋烟的工夫……"

"你光哭也不行，你媳妇的后事还要办，孩子现在看着挺好的，小月娃还要照顾好。女人生孩子就是闯阎王殿，过生死关，在这个关口就是一脚门里一脚门外的事。"

黄郎中想不明白的是，媳妇给他讲过100遍，她妈把她生在厨房里，由于她脐带没有扎，流了很多血，造成了她体弱多病。她也把自己的孩子生在厨房里，也流了很多血，难道这是天意吗？我的命真是比黄连还苦啊。这可真是天有不测风云，人有旦夕祸福。几个人拉不住黄郎中，他一次一次用头去撞墙。痛苦难过无法用语言表达。

在街坊邻居的劝说和帮助下，黄郎中厚葬了孩子娘。福建客商不但上了重礼，还给孩子送了一个缅甸的玉坠，并给她起名叫黄阿娇。福建的客商说：你们东阿出阿胶，我们也因为阿胶结缘，由于那天聊天时间长，我们实在对不起你，送你千金不如送你女儿一个名字，就叫她阿娇吧。齐掌柜的全家也多次对黄郎中表示愧疚和歉意，他们多次说："那天如果不让你来招待客户，也许你家里就不会出这么大的事了。"黄郎中悲痛地说："谁都不怨，这就是我的命孬，我这辈子只能认命了。"

第四节　小阿娇裹脚

黄郎中40多岁才有了这个孩子，每当他看到这个嗷嗷待哺的孩子时就心如刀绞，邻居们看他们父女可怜，村上有奶的妇女都会主动来帮忙给阿娇喂奶，也有送小衣服、小鞋子和小帽子的。赵大娘也经常抱着阿娇去求人寻奶吃，黄郎中看着一天天长大的阿娇，也慢慢地接受了现实。他意识到这样消沉下去只会害了孩子，便暗下决心既要当好爹也要当好娘，就是讨饭吃，也要一口饭一口水、一把屎一把尿地把阿娇拉扯养大，绝不能让闺女受半点委屈，要对得起她死去的娘。

曹庄的街坊邻居们在阿娇的成长中都没有少帮忙，阿娇快一岁的时候，赵大娘给黄郎中说：

“三虎兄弟，你这妮命硬，出生就没了娘，按咱老家的规矩她要给她娘穿 7 条白裙子。”

黄郎中大惑不解地问：

“赵大娘，怎么个穿法？您告诉我，花多少钱都行，什么样的白裙子？”

赵大娘说：

“这妮要从一周岁开始每年穿一条白裙子，一直穿到七岁。白裙子就是俺家在织布机上最后剩的连着线头的布，从织布机上剪下缝在棉袄上，这就是白裙子……”

赵大娘这一说，黄郎中想起来了，好像看到有女孩子穿过。赵大娘说：“这事儿你不用管，我能帮着办，俺们家不就是织布卖棉的吗，你尽管放心……”

黄郎中感激涕零。

赵大娘 60 多岁了，也是从单县逃荒过来的。现在两个儿子又闯关东去了，小儿媳妇闹着也跟着去了，家里还有大儿媳妇和几个孙子，她们家除了农闲时纺棉、织布外，有时候也租种别人几亩河滩地。赵大娘心眼儿好人实诚，由于都是从单县老家逃荒出来的，两家一直很亲，经常帮助照看阿娇。黄郎中遇到刮风下雨、天寒地冻时，就把孩子放在赵大娘家里。平时赶集出诊就把阿娇抱在怀里扛在肩上，十里八村都认识穿白裙子的小阿娇。

阿娇这个没娘的孩子，从小乖巧伶俐还遗传了她爹娘的优点，白白的皮肤红红的脸蛋上长着一双水汪汪的大眼睛，长睫毛、小嘴巴、翘鼻子，人见人爱，特别是齐家二小姐齐红云特别喜欢阿娇，早早地就教她读书写字背药方，打小就让阿娇叫自己云姑姑。

在阿娇四五岁的时候，有一天赵大娘对阿娇她爹说：

“阿娇到了该裹脚的年纪了，再大了骨头硬了，可就不好裹了。女人不裹脚今后可怎么嫁人呢？”

阿娇爹点头称是：

“赵大娘，这些事我全听您的。”

赵大娘从她大儿媳妇新织的一匹布上剪下一大块白布，麻利地扯成两条宽窄相等的足有两尺多长的裹脚布，利索地将阿娇的双脚裹成了粽子样，开始阿娇咯咯地笑，下地一走路阿娇就哎哟哎哟地哭了起来，边哭边说：

“俺疼！哎哟娘啊！哎哟娘啊……”

赵大娘抹着泪说：

“乖闺女，我们从小就是这样受过来的呀，为了你将来能找个好婆家，这也是没有法子的事儿，长大了你就不会怨恨我了，嫁个好婆家别忘给大娘坟上烧个纸钱……”

阿娇大哭大喊：

“我的亲娘哪！咋这么疼哪……”

开始是小声哭，后来变成号啕般的大喊大叫。

哭得街坊四邻都跟着流泪，黄郎中心里那个疼，只有用脚跺地，用拳头捶墙。

晚上，阿娇还是把这裹脚布一层层地扯了下来，用一双小手揉着一双又红又肿滚烫的小脚。黄郎中用一双大手捂着阿娇的一双小手，父女俩的眼泪滴在那一双小脚上。

这些日子，只要赵奶奶一说给她裹脚，她就又哭又闹。女儿大声哭，黄郎中小声哭，女儿在家里哭，黄郎中在外头哭。

眼看着阿娇快七周岁了。

赵大娘给黄郎中说：

“咱们老家为了给孩子裹脚，降不住她，就把裹脚布给缝上，让她扯不开，只要能撑过三天，慢慢地就没事了……”

阿娇听到他们这么一说，就坚决地说：

“你们敢再给我裹脚，我找云姑姑去，要不我就死在你们面前，给你们看看。云姑姑不也没裹脚吗？我才不找婆家呢，我一直跟着我爹过。”

黄郎中唉声叹气地说：

“算了吧，这脚咱就不裹了，爹将来送你去上学，听说大城市的女子现在也都不再时兴裹脚了。”

第五节　阿娇启蒙

黄阿娇没裹成脚，却特别受齐家二小姐的待见。

二小姐还送给阿娇一个雅号叫“好鼻子阿娇”。

齐家二小姐特别喜欢小阿娇的聪明过人，不但教她读书认字、绣花做女红，还教她辨别真假阿胶、皮子的好坏。阿娇无论学什么，一学就会。特别是几个熬胶的师傅也经常用毛巾捂住小阿娇的眼睛，拿不同的皮子让她闻，她总能准确无误地辨别出是驴皮、马皮还是牛皮，因此，二小姐齐红云给她起了绰号叫“好鼻子阿娇”。

齐家全家都十分喜欢和心疼这个没娘的孩子。

齐老东家有三个孩子都是在天津长大。

大女儿齐红雁嫁给了沈阳的一个绸缎庄老板，儿子齐红果在北平读书后又去了日本，只有小女儿齐红云在天津读过书，后来留在老两口身边陪伴。

她能读书写字，针线也做得一等一的好，也是由于一双天足，婚姻就成了高不成低不就，二十多岁了还待字闺中，小女儿的婚事愁坏了齐家夫妇。只要父母一提到她的婚姻，她就要离家出走，她基本上在家里大门不出二门不迈，但她知道了阿娇从小没娘后，就让黄郎中隔三岔五地把阿娇送过来由她教孩子读书认字做针线。

齐红云不许阿娇叫她二小姐，只能叫她云姑姑。阿娇特别喜欢这个与大街上的女人穿戴说话都不一样的云姑姑。云姑姑也特别喜欢阿娇，她经常给阿娇讲女英雄的故事，并坚决反对给阿娇裹脚。她多次搂着小阿娇说：

“娇娇，咱俩都是大脚，将来咱俩一起过。”

阿娇记得她十岁那一年云姑姑的哥哥齐红果叔叔突然回来了，专门送给阿娇一支贵重的钢笔还有洋糖等礼物，还给阿娇说了一些那时候阿娇还听不大懂的话，什么好好学习，什么女人也要自强自立之类的。就在那时候云姑姑又给阿娇讲了花木兰替父从军的故事，之后阿娇就再也没见到他们了。

后来阿娇听爹说云姑姑和她哥哥都去了上海。

阿娇心想，云姑姑对我那么好，为什么不带我走，可能是我太小了，也许爹没让？她想了很久很久。

她不知道上海在哪里，也不知道怎么去，为这事闷闷不乐了好长时间，后来闹着非要去上学。爹只好把10岁的阿娇送到村里的私塾里，上了两年学，全村就她一个女孩子上学。后来需要到县城上学时正好赶上兵荒马乱、响马乱窜，路上极不安全，黄郎中就没让阿娇再去上学。

十来岁的阿娇已经出落成漂亮稳重的大姑娘。阿娇聪明伶俐，家里地里的活都能干，在十里八村都是出了名的。也是因为大脚使她的婚姻一拖再拖，阿娇也成了当时的困难户大姑娘。但黄郎中在阿娇的婚姻上不想让女儿受半点委屈，条件不好的黄郎中还看不上呢。

赵大娘来说曹天贵这桩婚事的时候，阿娇这次没明显地反对，她说我都听我爹的，她对曹家的曹植墓的秘密已经向往了很久，她一直对那个神秘的山头充满好奇。

黄郎中看女儿没有明显地反对，又老听街坊邻居说，女儿大了不能留，留来留去会留成仇。女孩子大脚特别不好找婆家，黄郎中现在后悔当初没有狠下心来给女儿裹脚，也许真的害了女儿一辈子，嫁不出去愁死个人，他就将就了曹天贵和黄阿娇的这桩婚姻。对于女儿的终身大事他一直耿耿于怀，每次遇到事就偷偷地骂自己瞎了眼，后悔自己当初不果断，老眼昏花不中用的老东西，害了自己的女儿一辈子守活寡……

这都是后话。

曹天贵家在庄上也算得上比较殷实的人家，父母也都是老实本分的庄户人。当年阿娇嫁到曹天贵家里，天贵有父母亲，奶奶、老奶奶（山东方言，老奶奶指曾祖母）都还健在。媒人是曹家直接找的赵大娘，因为全家人都喜欢阿娇的聪明能干，对阿娇的大脚也就没有过多地挑剔。十几亩的地总得要人种啊，即使请人来种也得有人来做饭啊，送饭送水需要像阿娇这样能干的姑娘。于是曹家就三番五次托人来说媒。

曹天贵当时虽然只有十二岁，但由于家庭条件好，人长得高高大大，在私塾里也数他学习好。黄郎中也是打心眼儿喜欢这个有文化、长得虎头虎脑的男孩子。曹天贵对娶亲虽然一百个不愿意，但父亲曹大福答应他，只要他能和黄阿娇成了亲，自己有个帮手，家里也有个帮衬的人，就可以送他去济南府，跟着表哥姚远去上学。

就这样，十二岁的小女婿和二十岁的大媳妇就结成了有名无实的夫妻。

第二章　苦涩婚姻

第一节　稠密的日子

曹天贵和黄阿娇成婚后，黄阿娇两头儿忙，既惦记着父亲这头儿，又得照顾这个有几十亩地还有几个老人的家。那时只要有了儿媳妇，公婆就要摆点谱。

曹天贵在外人的眼里是个听话懂事的好孩子，但自从他与阿娇拜堂成亲后，他像变了个人似的，他一见黄阿娇就会脸一红，马上把头一扭就溜走。小伙伴同学们不停地嘲笑他挤哒（方言，挤对的意思）他，拿他娶媳妇当笑话说，编派他娶了个大媳妇，还有的小伙伴用黄河民谣编派曹天贵：

黄阿娇长得高，
曹天贵够不到她的腰，
吃奶还得蹦着高。

意思是说他娶了大媳妇。

另一段是：

黄阿娇长得好，
又会烙饼擀面条，
烙得薄、擀得细，
天贵喝了真如意，
撑得晚上放臭屁，
熏得阿娇发脾气，
把小女婿撵到灶窝里。

意思是他怕媳妇。

本来这些都是庄户人家每家娶媳妇都要闹的笑话。但对于娶媳妇本来就有抵触情绪的曹天贵来说，这种嘲笑让他心里窝火受不了，他也不知该找谁去诉说，只能把气撒在阿娇身上。

一到晚上天黑了，他就死也不肯到新房里去睡觉，如果母亲怎么都不让他进爹娘屋里睡，他宁愿自己睡在厨房灶火窝里或者院外边的柴草垛里，也绝不回他们自己的新房里睡觉。黄阿娇也好心地喊过他几次，被他一扭脸无言拒绝，阿娇万万没有想到婚后会遇到这种尴尬的情况，自己心里也挺憋屈难受，也就不愿意再喊他。这一下，老少三代“婆婆”一起埋怨黄阿娇不懂事，不懂得疼丈夫。

他们成亲后正好是秋收大忙季节，曹天贵以前很少下地干活儿，由于家里有了新媳妇，原先雇的几个男的短工也就不来啦。娶了媳妇后，做父母的不好意思光支使黄阿娇一个人去下地干活儿，婆婆就支使他俩一起去摘绿豆、拾棉花。黄阿娇到地里，头也不抬地抓紧干活。常言说，大忙季节正是焦麦炸豆的时候，黄阿娇是个懂得这个道理的农家孩子，抓紧干还干不完呢，哪还有闲心去玩啊。她一心只想着赶快干完婆家的活儿，再替父亲去干点活儿。曹天贵却不同，干不了几下子就跑了。一会儿有同学喊他一起去追野兔，一会儿到黄河边上去看人家捞鱼，一会儿到地里去摘野果子、野马炮（非常好吃的酸甜味、像枣一样大小的黄色野生的果实）。

但他一回到家里，就恶人先告状，撒娇使性地对他老奶奶说："快拿点好吃的吧，我都快要累死了，干了那么多的活儿。让她（指阿娇）赶快回她家去吧，她在地里不干活儿，还老看过路的人。"

曹天贵的老奶奶守寡熬成的这家人，本来就对这个独苗含在口里怕化了，捧在手上怕摔了，曹天贵这一说，她也不问个青红皂白，就指桑骂槐地说闲话给阿娇听。

一会儿打狗一会儿骂鸡：

骂鸡不下蛋，骂狗不看家。

开始黄阿娇以为这个家就这样，但看奶奶婆婆的脸色越来越不对，才知道她们是在指桑骂槐地说自己。

这日黄阿娇饭也没吃，就跑回自己家里对着父亲大哭，把自己结婚后所受的委屈一股脑儿全都哭了出来。

只哭得天昏地暗，哭得黄郎中心酸难忍。

他这辈子就是见不得女儿哭，这个从小没娘的孩子受了丁点儿的委屈，他都像掏心挖肝一样难受。

他恨自己当年心软，没有坚持给阿娇裹脚，让阿娇因为脚大而不好说婆家。他恨自己听别人说的“娇儿贵媳妇”之言，就匆忙把阿娇嫁了过去，他更恨自己怎么也不应该让阿娇嫁了个有“三个婆婆”（婆婆、奶奶、老奶奶）、是非那么多的人家。

三个女人还一台戏呢！

黄郎中气得急得直搓手跺脚。这桩快一个月的婚姻，咱不能过下去也就拉倒吧。他第一次气呼呼地在心里念叨。

黄郎中找来赵大娘说：

“俺妮在婆婆家受气呢，这日子过不下去咱就算了。我要领回我的女儿，绝不能让我的女儿在婆婆家受这窝囊气。”

第二节　好日子开头

不一会儿赵大娘来了，邻居家的大娘婶子们也来了，看热闹的孩子也来了一大群。一会儿的工夫黄阿娇家本来就不大的院子里挤满了人。

大家七嘴八舌，有的爱捣鼓事儿的人就说：

“这么一个守坟的人家，就是一家子守财奴，人丁还不兴旺，他们娶到阿娇这么好的姑娘还想怎么着？”

有的按着宁拆十座庙不拆一桩婚的老理儿说：

“谁家灶火里不冒烟，没有锅不碰勺的。嫁鸡随鸡，嫁狗随狗，嫁个扁担还得抱走呢。”

也有的不知缘由地跟着瞎掺和说：

“天上下雨地下流，小两口打架不记仇。”

“大家行行好吧，只能劝和哪有劝散的……”

黄阿娇在婆家受气的消息和黄郎中发脾气说的气话，只用一袋烟的工夫，几乎整个曹庄就家喻户晓了。平时这个有三四十户的小庄，本来就是这头儿点火那头儿冒烟的，屁大点儿的事一会儿全村就能知道。

黄阿娇在婆家受了气，跑回娘家大哭的事，很快就被曹天贵的父亲曹大福和母亲姚氏知道了。曹大福趁全家吃晚饭的时候对全家人说：

“今后咱们家不许给贵儿的媳妇受气！”

又对自己的母亲和奶奶说：

“娘，您和俺奶奶在家什么活儿也不用干，就只管享清福，就别老叨咕贵儿的媳妇的不是，专挑人家的毛病，吹着陈土还能找出裂缝呢，谁能没个毛病啊，一辈子不管两辈子人的事儿。孙媳妇、重孙媳妇如果不孝敬，打我这里都不中，她只要懂得给你俩端碗饭，洗个衣，家里地里都能干……就是好媳妇。人家嫁到咱家来我都看到了，这孩子可不是个不懂得孝敬老人的……地里那么多活儿，叫谁干，找个短工、长工都不如自己家的人贴心啊！咱贵儿能干点啥？我在远处看着呢，您这个重孙媳妇一个顶俩仨的能干。”

曹大福说了他母亲和奶奶，又说他媳妇，“你今后也不许给贵儿的媳妇受气，贵儿的媳妇从小没了娘，没娘的孩子可怜见的，你现在也没个闺女，就当个闺女养着还不行吗”。

随后扭头拉下脸对曹天贵说：

“今后你再不回你媳妇屋里去住，不好好对待你媳妇，看我怎么修理你，对媳妇不好就别想外出去上学了，在家打坷垃算了。今天的事全是你的错，你真是白喝了这么多年的墨水。”

曹天贵长这么大，他父亲从来也没有对他说过这么重的话。

曹天贵憋得满脸通红，但一听说不让他外出上学，马上开始说好话、说软话：

“我今后听话还不行啊，我不会惹你们生气了，但你们答应过我成了亲后就让我跟表哥去济南上学去，现在这事儿还算不算数啦？”

虽然他说话时低着头，声音也不大，但话里也带着骨头。

曹大福听得清清楚楚，想了想说：

“大人说的话当然算数。但从今天起，你要对你媳妇好点儿才行，人家嫁到咱家来就是咱家人了，当初给你定这门亲，你也是愿意的，别人说闲话，是因为他们娶不上这么好的媳妇。祖上有家训，家和才能万事兴，这老理儿不能在你这里破了。”

曹大福连哄带劝加上吓唬，把一个十二岁的毛头小子说得好像顿时开了窍似的，马上点头答应。

曹大福也一直在盘算着把儿子送出去读书，好多长点见识。家里藏的祖上留下的那么多的好书、古书，自己也读不懂多少，爷爷临死时最放心不下的便是这些书。父亲死得早，自己在村上读了几年私塾，奶奶、母亲都怕他有个闪失，说什么也不肯让他出外读书，就连曹植墓前用各种字体撰写的碑文，每次来人，人家多问几句，自己都解释不清楚。

曹天贵的表哥姚远这几年在济南读书，说话处事待人接物明显地出息了不少。

唉！自己就这一个儿子，怎么这曹家就是单传的命呢？这就是命。只能盼着天贵他们早点有后。想到这里他对自己的媳妇说：

“喝罢汤（吃完饭）咱俩去给亲家赔个不是，顺便再把贵儿的媳妇接回来。”

又扭过头来对天贵说：

“今晚你要回你们自己屋里睡觉，你哪里也不许去。”

天贵本来心里忐忑，见状顺从地点了点头，算是答应了父亲。

天贵奶奶听了儿子的一席话，心里也像猫抓一样难受，怕天贵媳妇真的不肯回来，和这个家生分了可怎么办。庄上有几家本来就对曹家妒忌，也有的对守坟的人家瞧不起，经过这一闹腾，曹家在这个庄上怎么做人呢？祖上一贯遵循的家训是：邻里要和睦，守林地（墓地）的人，不能和村上的人家发生矛盾。天贵媳妇进门还不到一个月就闹了这么大的乱子，老奶奶真的老了。

天贵奶奶边想边给她的婆婆收拾好床铺说：

“娘，天也不早了，您就早点歇着吧，他们的事您老不用老惦记着，贵儿的媳妇会回来的，那是个明事理的孩子。”

第三节　夫妻拉钩

当黄阿娇看到公公婆婆走进自己娘家院子里时，立刻把刚刚端起来的饭碗放下，心里不安地说：

“达达（爸爸的意思）、娘，你们喝罢汤了吗？我一会儿就回去。”

黄郎中一边招呼着：“亲家、亲母坐下，”一边对阿娇说，“快给你公公、婆婆倒茶去。”

黄阿娇本来就是一个心慈面善的女孩，看到公公和病恹恹的婆婆竟然放下老人的架子，摸着黑天，亲自到了自己娘家来，心一下就软了下来，赶紧给公公、婆婆端水让座。

黄郎中也是个见不得别人求自己的人，不好听的话一句也没说出口。曹大福和姚氏与黄郎中不紧不慢地聊着庄上张家长李家短的家常事，他们坚持等黄阿娇爷儿俩吃完饭收拾好再让黄阿娇跟着他们回去，还一再向黄郎中赔不是说：

“老奶奶糊涂了，让孩子受委屈了。”

黄阿娇喝了几口糊糊儿（稀粥），简单帮她父亲收拾了几下，就跟黄郎中说：

“达达，我先送俺公公、婆婆回去吧，要不天太晚了。”

黄郎中说：

“好闺女，你也该人大心开了，今后要学着好好过日子，可别自己使小性子。”

这些话看着是让自己女儿懂事些，其实也是在说，等小女婿长大了就好了，人长大了心就开了，好好过日子吧。

黄阿娇边走边答应着，走上前来，搀起婆婆的胳膊跟在公公身后出了家门。

黄郎中站在门口，一直到看不到他们的身影，才转身回到屋里。

但他心里依然是七上八下的，一边唉声叹气，一边又后悔当初看不得女儿哭，没有让阿娇裹成小脚。

最后悔当初只让阿娇在村里读了两年的书，没有听教书先生的话让她到县上去接着读书。当时教书的先生一再说：

“阿娇聪明好学，一定得让她多读点书。”

可当时自己怕一个女孩子要走十几里路也没个伴儿，有个三长两短的可怎么得了，连说带吓唬的，闺女就没有再接着读。他出门行医看到大户人家一样让女孩到大地方去读书，可这世界上没有卖后悔药的啊！只要阿娇能过上好日子，自己这辈子就是当牛做马也心甘情愿。

阿娇搀扶着婆婆深一脚浅一脚地从庄西头儿往庄东头儿的曹家走去。

姚氏边走边说：

“闺女啊！今后在咱家里你可不要生真气，你老奶奶就这样，她就是刀子嘴豆腐心。我生天贵时还没出满月，她就嚷嚷着棉花再不拾就烂在地里啦，我听不得就下地去拾棉花了，正好赶上六月天下大暴雨，雨下得那叫一个大，像搬天往下倒一样，我浑身淋得落汤鸡一样，回来就发了三天高烧，还是你爹开了几服汤药，才保住了我的命。但从此落了毛病，一旦来了就没完没了，走了就好长时间不来（指例假）。”

黄阿娇听了婆婆这些话，心软地说：

“娘，您体格不好，家里的事有我呢，我见过我达达给别人配的药，我回家也给您配几服，我看咱家里就有阿胶。”

说着话，不大工夫就回到了曹天贵家的院子里。

黄阿娇一进院就看到了自己屋里灯亮着，心里不由自主地突突乱跳……

结婚快一个月了，小女婿从没有进过屋，这次也许是他趁自己不在的工夫，偷偷进来的。

阿娇一回到院子里，心里就犹豫不定起来，怕自己如果进去了，小女婿会不会立马就跑掉，可不进去也无处可去。

婆婆看到黄阿娇面露难色，赶紧说：

“咱们做女人的就得熬，熬到他懂事就好了，孩子你就熬吧，女人都是这样熬过来的。贵儿可是个好孩子，只是现在还小不大懂事，大了就好了，你就多担待些……”

说着就把阿娇往屋里拉。

黄阿娇对着婆婆公公点了点头，推开了自己半掩着的新房的门。

只见豆油灯下的曹天贵正在写大字，这时曹天贵看到阿娇进来，脸腾的一下就红了起来，红得像块刚从染缸里捞出来的大红布，从脸到脖子都是红的。

接着像逃似的，曹天贵离开了房间。

黄阿娇看曹天贵麻利地逃离房间，原来七上八下的心，反倒开始平静了下来。她翻看曹天贵刚刚写好的字帖，曹天贵反复写的是：

“书中乾坤大，笔下天地宽”，还有“智者动、仁者静、智者乐、仁者寿”……

曹天贵很快又推门回来，手里还端着一碗白开水，并结结巴巴地说：

“姐，你喝茶。”

一边往阿娇手里递碗，一边偷偷地瞅着阿娇。

曹天贵觉得阿娇挽起新媳妇的发髻，比做姑娘时扎一根大辫还要好看得多，白白的脸盘上，长着浓眉、大眼，高高的鼻梁，只是嘴比戏文里说的樱桃小口大了些。

他心里最不舒服的是阿娇的个头比自己还高，让他心里感到尴尬。阿娇上身穿着件紫红色的小夹袄，下身穿着撒腿的绿裤子，显得整个人有腰有胯，十分修长，和以前大脚板走路生风的胖阿娇判若两人。

曹天贵心想，她要是自己的亲姐姐该多好，自己以前就一直羡慕别人家里有姐姐。边想边把话匣子打开了，说：

“往后我就叫你姐姐吧，我没姐，我一直想有个姐姐。看人家有姐姐的，常给做双时兴的鞋啥的，我就想有个姐姐，今后你就给我当姐姐吧。”

阿娇不置可否，只是一个劲儿地点头。

曹天贵又说：

“姐，明天是七月初一，俺达达一直说让我陪你上坟烧纸去，我们家一年四季逢初一、十五就要上林给祖宗上香、烧纸，你过门后，俺达达俺娘就催我陪你去。”

黄阿娇惊讶地问：

“女人也能上坟？”

曹天贵说：

“我们家女人也是要上坟的，认了坟才能算一家人。我明天就带你去给祖上烧纸上香去，我再带你去看祖上的藏书，多着呢。可是你得对天发誓对谁都不能讲，包括你爹，咱俩现在先拉钩，明天一大早先得在祖宗的牌位前上香，当着全家人的面发誓后才能去。”

阿娇被曹天贵说得云山雾罩，但还是不由自主地伸出右手的小手指与曹天贵左手的小手指拉在一起，这也是他俩第一次有了肌肤之亲，两个人都红着脸，边拉边说：“拉钩上吊，一百年不许变，盖章为证。”

阿娇也曾听庄上的人说过，曹植墓里可能还有随葬的物品，外庄上的人、历代的强盗、现在的响马，都有人动过偷盗曹植墓的念头，还有的说强盗多次进去翻过却啥也没有，什么也没得到，曹植墓也被烧过抢过几次，但守坟人曹家祖祖辈辈一直传承下来，坟地破了、坏了，就由他们家的人花钱修缮。

曹庄上的人大都维护曹家，有个风吹草动大家都会给曹家通风报信，护着曹家的坟地。从远处望去，只能看到一座建在山根和山连在一起用石头砌的不大的墓。黄河离这里不远处曾经决过好几次口子，加上历年的战乱，大家都认为鱼山的曹植墓是个没有任何价值的墓地。

尽管这样想，阿娇还是盼着天赶快亮，好跟曹天贵去墓地看看那些宝贵的书，书到底藏在哪里呢？

曹天贵拉个被子蒙上头，和阿娇分头睡下，一夜无话。

第四节　鱼山探秘定妙计

曹天贵一早起来，告诉家里所有的人，说“要到林上给祖上烧纸、上香去”。全家人听了高兴得不知说什么好。

黄阿娇一早起来穿上一身深蓝合体的粗布衣服，把自己收拾得干净利索。

接着在全家人的见证下对祖宗牌位上香，三跪九叩，并发誓说：

“我进了曹家的门，活是曹家的人死是曹家的鬼，对曹家一草一木一针一线爱如性命，对曹家的大事小情守口如瓶。”

阿娇诚恳实在的发誓得到了全家的认可和赞许。

黄阿娇伺候全家用过早饭后和曹天贵一起一前一后去了鱼山上香。

在黄阿娇眼里，鱼山极像一个站立的人，并且是张开着双臂的人，曹植的墓就像位于这个人的胸前，垒起的院墙又把这个人的两只手紧紧地牵在了一起，中间的门只有曹天贵家的人才能进去，因为要用半尺长的大铜钥匙打开巨大的锁。有文化的名人或者官府来人上香、烧纸的时候，只要上边的人知会一声，曹家的人就会拿钥匙开门，陪同进入。

庄子上只有曹家的人，才能开门出入。

庄上的人甚至县衙的人都早已习惯，因为这是人家曹家人的私产。

山的两边陡峭挺拔，从外边进不到院子里来。但从院子里可以顺坡爬到鱼山顶上观看黄河，从上面却下不来，找不到下来的洞口。

站在黄河的大堤上，只看到黄河是从西往东奔腾而来，景色十分壮观。滔滔的黄河在到达鱼山之前，有数十丈之宽，人站在鱼山上，马上就能看到波光粼粼的河面，一眼望去看不到黄河的对岸。但黄河到了鱼山，可能是为了亲近鱼山这个鲁西少有的山脉，流到这里却是贴着鱼山，拐了大弯，从南直奔北方而去。过了鱼山，黄河又开始从西往东奔流。

在文人墨客的笔下，鱼山被写成传奇的山脉。东阿的陈思王曹植，把鱼山选作自己的墓地，彰显了这个浪漫诗人的情怀和心底不为人知的神秘。

黄阿娇跟曹天贵走进墓地里的院子里，打眼一看，院子不大，也就有二十来亩地。山也不高，有两棵杨树梢子那么高。但满院子里长的是又矮又苍老的松柏树和其他叫不上名字的树，杂草也很繁茂。墓地和山体连在一起，墓前有摆供品用的石案，有烧香用的石香炉和两个破旧的石头狮子。墓的右前方有一块石碑，有碑楼罩护着。但碑又短又小，由灰白岩石雕凿，什么字体都有，猛一看乱七八糟，再仔细一看楷书中还夹杂有篆书和隶书。

这块碑和黄阿娇以前在人家坟地上看到的高大雄伟的石碑还有高大石龟驮着的碑完全不一样。阿娇感到十分惊奇和唏嘘，这算是什么石碑呀？阿娇心里想，怪不得庄上的人都说这是个最穷的墓地，除了曹家人没人惦记着。

曹天贵对阿娇说：

“俺爹经常给我说，祖上在这里依鱼山为自己建墓的时候，就把自己的墓向设计为坐东朝西，而不是像一般人那样坐北朝南。他让墓葬地面向西方，就是要面向自己的故国、故乡，面向自己青少年时代生活过的邺城、许昌和洛阳，面向他魂牵梦萦的洛神。”

也不管阿娇听不听得进去，曹天贵把知道的事，不管不顾滔滔不绝地说了出来：

“《三国志》是我最爱读的书，这洞里面藏的书多了去了，很多我还读不大懂，我要找个能让我读懂这里书的大学堂去。”

阿娇边听边想，怎么听他说话，有点像说疯话，他会不会像人家说的读书读傻了，或者是半个魔怔啊？这荒草丛生的墓地里能有什么书啊，哪里又能藏得了书啊？

院子的右边堆着很多烂石头、烂树叶子和破树枝子。院子的左边是高低不等的几块石碑。

曹天贵跟黄阿娇说：

“这些石碑也称石林，就是我们曹家的宝贝。”

说完看了黄阿娇一眼。

黄阿娇心想这叫什么宝贝啊！她听父亲说过东昌府（聊城）附近的傅家坟（傅斯年家的坟地）的石碑、石人、石马，那才叫多呢，还有曲阜的孔林，听说就更大了，这里的曹林没法儿和人家比。

曹天贵看到阿娇对他说的话将信将疑，更想显摆自己的能耐，就跟阿娇说：

“哎！你跟我过来一下。”

阿娇紧随其后。

曹天贵指给阿娇看，在不远处有一块突兀的奇形怪石，远看状似一头卧着的山羊，周围有茂密的草木和几棵杏树，曹天贵说：

“这叫羊茂台。”

又接着说：

“这就是当年祖宗（曹植）读书的地方。”

这时阿娇还看到了羊茂台上方有一干涸的石塘，上方的石壁上写着“洗砚池”，不知道是哪个朝代刻上去的。曹天贵又说：

“这是祖宗（曹植）洗砚台的地方……”

在山的北侧一处比较平坦的石面上，有一处摩崖石刻，镌刻着“御山”“左川”“寿”等几个楷书大字。

阿娇看到，“洗砚池”的边上是个有三个堂屋当门（门厅）的山洞，这个山洞入口在远处是看不到的。阳光无论从哪个角度都能照到洞里来。洞中有一块紧挨着山根的边上，床一般大小的石板和山体紧密连在一起。阳光正好能照在洞里的石板上。

曹天贵接着说：

“这是祖上（曹植）读书累了睡觉的地方。”

曹天贵在石板一头蹲了下来，看起来那么大的石板被曹天贵一会儿左三下、一会儿右三下，一会儿上三下、一会儿下三下地移动，他嘴里还不停地念念有词说着什么咒语，没费多大劲儿就将这块大石板移开了，石板底下的一个大洞就显露了出来。

阿娇睁大眼睛屏着呼吸，没想到这么一瞬间洞里就出了这稀奇事……

曹天贵说：

“这个洞还可沿着石阶下去，绕个弯、再顺着石阶上去，就能到山上观看黄河了。今天你主要是看藏书，就不能上去了，要想上去得一天的工夫，得爹带着咱们来。”

阿娇跟随着天贵，下到洞底下，但洞里一点都不黑暗。在拐弯处封闭的与山体无二的山洞里，整齐地码放着一个个的箩筐，箩筐里放着一个个用蓝底白花的家织土布包着的方方正正如砖一样的东西。

曹天贵很麻利地打开一个包袱给阿娇看，阿娇最先看到是《本草纲目》，又看到的是《神农本草经》，全部是线装书。

曹天贵边翻书，边说：

“这些书是分类的，这里是医学的，那边是文学和史学的。我从五六岁开始就跟我爹每年来这里晾书，这里的一切俺家里人从不瞒我，全家人都对我嘟囔，让我带你来看看祖上的财产，家里人说对你也不能瞒着，我不在家的时候这晾书的活儿可就是你的了。”

曹天贵说着又拿出用包袱包着的一个大木盒子，盒子里装的不是书，而是一张张的图纸，他对阿娇说：

“我看不明白，书中的人都不穿衣服的。”

说完红着脸拿给阿娇看，阿娇接过来开始聚精会神地一页页翻看。

阿娇看得入了迷，曹天贵后来说了些什么，她根本就没听到。

她看了好一会儿后，出了一大口气，对曹天贵说：

“这些纸上画的就是‘阿胶’的制作秘方。我要带回去，在家里慢慢地看。”

曹天贵说：

“这可不行，离开这个洞，就怕书一见到风就会发脆。”

阿娇说：

“这书光看是不会坏的。”

曹天贵说：

“不行，这要跟俺爹商量，他同意了才能拿出去。”

第五节　缘识藏书洞

阿娇怎么也不会想到，婆婆家会有这么多的藏书。她头都想痛了还在想，他们是从哪一代开始存的呢？不置家业专顾买书藏书？

这一家人为了祖上读书的嗜好，一代又一代人省吃俭用，添置了这么多的书，是怎么坚持下来的呢？

为什么这么多年了，放在这里书还会完好无损呢？太神奇了。她越是百思不得其解，越是感到自己作为曹家媳妇身上压力如山。

阿娇以前总觉得，曹植墓地就是靠着黄河的鱼山，也没有什么神奇的。现在想想，在一望无际的平原上，却矗立着这么个鱼山，真是太神奇了，没想到山里还有这个山洞。从来也没听老辈儿的人说过，而且洞里还有这么多的藏书，更神奇啦！这么多的书藏在山洞里，经历过无数的兵荒马乱、天灾人祸，却能完好无损，是何方的神圣保护了这些书啊！不可思议。

她小心翼翼地问曹天贵：

“这么多的书是从哪里来的，怎么没听庄上的人说过呢？”

“做我们家的人，难哪，都必须要嘴严，你没看到我们家从没人来串门吗？我们家的人也很少去别人家串门子。家里的老亲少眷，都懂这个规矩，很少来往，该知道的知道，不该知道的不能乱打听。对我们家的大事小情打听了也没人说。亲戚邻居大家早就习以为常，你时间长了就不奇怪了。”

阿娇被曹天贵这一席话说得心服口服，她心里暗想：曹家人对自己是真诚相待的，进门还不到一个月，就把家里最大的秘密告诉了自己，还让自己亲眼见识了这个藏书洞，自己能嫁进曹家，与曹家缘分不浅，是几辈子修来的福分。爱护照看好这些书，是自己的分内的事。这里究竟藏了多少书，都是些什么书，自己需要尽快弄清楚，做到心中有数，日后守好曹家世代相传的这些书。

那盒散装的关于阿胶如何制作的书却在阿娇的脑子里挥之不去，她再次与曹天贵商量说：

“能不能把那些散装在盒子里的书拿回去？”

曹天贵说：

“我从来没见过家里人把书拿回去过，回家和大人们商量商量再说吧……”

两人各想各的心事，回到家中。

第三章　书为今用不为藏

第一节　心有灵犀一点通

当曹大福听说，阿娇想把那些装在盒子里专门讲解“阿胶”加工、熬制过程的散装的书和图纸拿回来时，就显得有些纠结。他连比画加解释地说：

“书是不能拿回家来的，那些书、图如被风一吹，就会发脆。咱们祖上有家训，在这个家里，男人要种好田，女人要织好布，地里收的粮食留够种子和口粮，就把多余的粮食换成书。女人纺好棉花，织成布，除留够家人穿的外，就要把织的白布染上颜色。颜色是用山上的石头研碎和桑叶、某些草混合染成的蓝色。洞里的书，每本书都要用蓝布包好，最好能包十几层。除了天灾人祸，咱们家每年都要从县城或集市上买些新的书来，包好后放进洞里。祖上的规矩是，只能往里送书，而不能随便将任何一本书拿出来。因为祖上爱书、嗜书如命，这些书都是孝敬祖宗的。”

阿娇听完公爹仔细介绍后，露出了一脸的惊讶和敬仰。

曹天贵哀求他爹说：

“规矩是死的人是活的，就让她到藏书洞里自己去看呗，不能拿出来，可以自己抄下来看，看过后再把书包好放进去行不，也不碍事啊！”

平时看着不着调的小女婿，一番话说得阿娇心花怒放。心底实在、嘴巴并不乖巧的阿娇，听了曹天贵的一番说辞，马上嘴巴像抹了蜜一样地说：

“达达，我一定爱惜咱家的这些好书，我也不会给外人说半句，也不会给俺娘家爹说的。”

阿娇接着说：

“往后藏书洞里的晾书、收拾打扫的力气活儿就交给俺，我有力气，也能帮娘织布染布，让天贵出去上学吧，家里的活儿有我就能行，我有的是力气。”

说完用眼睛瞄了一眼曹天贵，她看到天贵虽然低着头脸上却是满心欢喜的样子。

曹大福吧唧了几下嘴说：

“这些东西早晚也是你们管，只是现在不能拿回来，不能外借，不能外传，你抄下来可以自己看，千万不可以给外人看。我还得跟你奶奶她们商量后再答应你们。”

阿娇和曹天贵都连连点头道：

“好！好！好！”

那一大木盒子的散装书，早已深深地印入阿娇脑海里。

现在各家各户的熬胶过程和图上熬胶、晾胶、擦胶的方法，有些是不同的。她在跟着爹走村串户给别人治病时也听人说过，阿胶的制作原来是有图纸的，不知这些图纸都在何处。现在只是凭着民间师傅教徒弟的方法，口口相传，手把手地教。她怎么也想不到有人把阿胶的熬制过程写成了书，却又放进了那个人们不得进去的山洞子里，究竟放了多少年了？那木盒子里还有与阿胶相关的东西吗？

当时阿娇怕把书弄坏了没敢往下翻，她对那盒子里关于阿胶制作工艺的散装的书，充满了好奇。

她只能耐心等待下一次再上坟时去山洞里看书。

第二节　洞中奇书

全家人经过反复合计，最后决定让阿娇到鱼山的山洞里去抄书，但不能影响家里和地里的活计。阿娇去鱼山的曹植墓也不能显得太勤，因为她是刚过门的人，去得太勤了会引起外人的怀疑和猜测。

婆婆姚氏最后想了个主意，可以让她娘家侄子姚远来，以找个安静的地方给曹天贵补习功课让阿娇每天送饭为由，就可以每天名正言顺地进出鱼山的曹植墓地了。

但姚远是外姓人，很少有无功名的外姓人能进去鱼山的曹植墓地，姚远万一嘴不严把藏书的事给泄露出去，可就犯了滔天的罪孽。

天贵的老奶奶和奶奶开始是坚决反对的，曹大福劝道：

“奶奶、娘，您看现在兵荒马乱的，私塾里三天两头换师父，天贵在私塾里也学不了啥东西，要去济南的洋学堂就得到济南府最好的学校去上，跟着他老表姚远去，我们全家人才能放心啊！天贵出去前得让他老表给开导开导是不？也就十天半个月的。贵儿的媳妇可以把压棉机先搬过去，在那里压棉花，无风无火的也干净。”

天贵的老奶奶气呼呼地背着手晃着满头白发的脑袋，边走边说：

“世道都变了，我看这个家早晚要败在你们这辈人手里了。”

黄阿娇赶紧走过去搀起老奶奶的胳膊说：

“老奶奶，您放心吧，我只看和抄写与阿胶有关的，抄后我就放回去收拾好。老奶奶，我不会说出去半个字，如果我没按家规办，我任打任罚，其他的书我不看……”

老奶奶显得无奈地说：

“我还能活几天？随你们吧！”

说完掰开阿娇搀在自己胳膊上的手，自顾自地回到自己床上躺着去了。

天贵的奶奶对于姚远也进曹家的坟地，表面上是反对外姓人进去，实际是她对阿娇与姚远的见面心里犯嘀咕，她担心阿娇和姚远走得太近。

姚远也就十七八岁，说了几门亲，都让他以在济南府上学为由给推了。现在请他来给天贵补课，如果每天阿娇去送饭，还是个弟媳妇，男女授受不亲的大礼不就破了吗？姚远小时候也曾在他们家里住过几次，是个厚道、人品极好的孩子，这是大家公认的。但是，男女大了也难免日久生情的，如果闹出来个什么花花事，怎么得了，不就败了门风？她把自己的顾虑一再跟儿子曹大福讲。

曹大福说：

“娘，多大的事？不就是贵儿的媳妇想看看阿胶的书吗？再说了这些书早晚也得给下一代的人留着。谁也不能跟他们到底。咱贵儿眼见着就是大人了，心也大了，不想再待在土坷垃窝里啦，咱用啥才能拴住他媳妇的心？这孩子从看了那些书就像着了迷似的，不会有啥事的，你孙媳妇一等一的人品，您就放心吧……”

家里现在只有曹天贵一门心思盼着表哥早点来，想着如何赶快跟他去济南府上学。他把自己没有用过的纸和笔墨都给了阿娇。

曹大福为了不让姚远了解藏书洞的秘密，用了三天的时间，又一次对洞口进行了伪饰。阿娇最喜欢的那一盒子散装的书，却放在了另外一个地方。

阿娇也进一步对曹家的人加深了了解。她觉得这真是一家厚道善良的人，对自己这些突然冒出的想法，尽量予以满足，尽管曹天贵还小不懂事，和村里那些嫁出去没吃没喝挨打受气的姐妹相比，自己已经很知足了，但曹天贵还是每天和衣而睡，与阿娇是分占床铺两头，不解任何男女风情。阿娇心想这就是两口子吗？但她不知如何开口，就是熬几年吧，至少再不往他娘屋里跑，也不睡灶火窝里了，而且和自己好声好气地说话了，背后一口一个阿娇姐，叫得心里也暖暖的，就当作自己的亲弟弟吧。

第三节　曹天贵离家出走

自从姚远来到曹家，他就和曹天贵经常住在曹植墓旁边的小草房里。

黄阿娇每天把饭菜精心地准备好，放到鱼山的曹植墓旁的石凳子上。送的多半是窝窝头或贴饼子，一小瓦罐小米绿豆稀饭，外加半碗胡萝卜咸菜或咸豆子，有时也煎几块腊肉，也做个鸡蛋灌饼。黄阿娇总会把胡萝卜切得很细，再滴上一两滴香油，咸豆子也总是要切上葱花滴上香油，有时也有热菜，都是些南瓜、茄子、豆角，炖得很烂。

每次阿娇来送饭总是悄悄地打开鱼山曹植墓的院子的锁，快速地溜进来，然后再从里面把门锁上。黄阿娇进到草屋子里把饭菜摆好后就会赶紧离开，然后钻到藏书洞里赶快去读她喜爱的书。阿娇一旦离开，曹天贵和姚远就会及时地出现在小屋的门前。曹天贵和姚远有时各拿一本书，有时各拿一根小树枝或者是小石头、土坷垃块什么的，他俩边走边说边比画，有时他俩又像比赛一样把手里的小石头、土坷垃块远远地扔出去。

黄阿娇心想，只要能有书读，才不管他们呢。

每次把饭摆好后，阿娇就自顾自地赶忙去藏书洞，细心地一层层地打开装书的盒子。每一次都是连读带抄，后来黄阿娇发现这散装在盒子里的书不是纸，是一种像罗底一样的丝织品般的东西。硬硬的，但又很薄，蝇头小字密密麻麻。画的熬胶图上的人个个也不穿衣服。

黄阿娇看了几天书以后心里开始有了数，一是这一盒子书不怕风吹，二是里边写的字自己也能都认下来。原先黄阿娇还想遇到不认识的字问问曹天贵哥儿俩，但看到他俩对她从来也不搭理的样子，黄阿娇的倔脾气也上来了，三个人就一直互不搭腔。黄阿娇每日在洞里看上一两个时辰的书，出来也不见他们的踪影。

黄阿娇每次收拾好碗筷，锁上门就回家里去。有时晚上他们哥儿俩也会回家来住一宿，但也是曹天贵和他表哥挤在一起住，大多时候他俩还是住在墓地里的草房子里。

姚远对这个比表弟大八岁和自己年龄差不多的表弟媳妇，从来也没说过一句话，至于她去干什么，他也懒得问，因他一直抵制这种女大男小的包办婚姻，面对阿娇他无话可说。就这样他们三个人过了七八天没有语言交流的生活，姚远对曹植墓地的事也不关心，他好像只关心当时的时局。

曹天贵对他爹娘说，他要先跟表哥回趟姥姥家，住几天再跟表哥去济南府，不用家里人送了。家里为曹天贵准备了还算充足的盘缠，黄阿娇也为曹天贵准备了几件换洗的衣服和几双鞋子，一家老小千叮咛万嘱咐要姚远帮忙照顾好曹天贵，可以先带曹天贵到济南府去看看，然后就回来，等开学了再去，他俩都答应得好好的。

那是 1935 年的 7 月 30 日，离开学还有一个多月。

曹天贵这一去就没有了音信，临走前他只带了几件换洗的衣服和黄阿娇给他做的一双新布鞋，十几块银圆。

曹大福和姚家的人曾经几次去济南各个学校找了个遍，哪有他俩的踪影。有人说他俩去了北京，也有人说他俩去了延安。全家人哭天抹泪成了家常便饭。有时黄阿娇刚做好饭还没等盛到碗里，不是老奶奶就是奶奶就开始儿一声肉一声地哭起来。曹天贵的娘，身体也越来越差。她顶着是她娘家侄子拐走了曹家这根独苗的罪名骂名，受尽了奶奶和婆婆的气和委屈。曹大福还不到四十，就已急得是满头白发。

黄阿娇既要照顾家里四个老人，又要顾着家里地里的紧忙活。

但她坚信曹天贵总有一天会回来的。因为，他也同样喜欢书洞的藏书。曹天贵就这样连招呼也不打就走了？黄阿娇当时倒没觉得什么，把所有的精力都用在了读书抄书上，但每年都会坚持给曹天贵做一双时兴的布鞋，用坚实的针线绣制一双双倾诉心意的鞋垫，这成了她寄托希望和未来的信物。

第四节　书中自有黄金屋

黄阿娇对曹天贵以外出求学为名却一去杳无音信的事，似乎心里早就有预感。回想当时的姚远和曹天贵说话的手势、表情就觉得他俩可能要闹出点什么花样来，曹天贵没有这个胆，但姚远属于那种农村的人常说的“闷头狗暗下口”的人。别看长得眉清目秀一表人才，但属于一个眼色就是一个主意的人。曹天贵属于那种没有胆量的人，但只要有人敢借给他一个胆儿，他也是那种敢上房揭瓦的主儿。

黄阿娇对这个十二岁的小女婿，虽然基本谈不上有特别深的感情，但觉得嫁鸡随鸡嫁狗随狗，那是自己的男人，一辈子的依靠。现在自己嫁到这个家来，就得担起家里的大事小情，他走了自己也不能撂挑子。

年方二十的她，还想不到一个女人守活寡的漫长日子里会遭遇的难熬和艰辛。

家里还有十几亩地和四个老人，这副担子可是不轻。

刚开始，曹天贵悄悄地离去，反而使她心中对婚后尴尬的日子感到轻松了不少。看到全家人因没了曹天贵的音信一个个痛不欲生的样子，她的内心深处又为自己一时的惬意感到自责，毕竟那是自己一生要依靠的人。

此后阿娇变得很少说话，对曹天贵的离去，她既不想表示不难受，也不能表示高兴，更不能躲回娘家。她坚持着，一天除了做好三顿饭，就是到地里去干活。但夜里她有了更多的时间读书和抄书，自从她发现了书是丝质的并不那么怕风后，就把书悄悄地带回了家里，家里没有人进她的房间。自从曹天贵没了音信，全家跟阿娇说话都小心翼翼，生怕她难过，怕她不高兴了要回她娘家，担心她也一去不回。这个家如果再没有了阿娇，那可就撑不下去了……

黄阿娇在抄书过程中，发现这本大部头的书是后人编写的，书中主要是关于“阿胶”的由来和制作工艺详解。除了写到“阿胶”的传奇来历和妙用外，就是讲验证“阿胶”神奇的妙方。编书的人还浓墨重彩地写到了曹植，书中说曹植当年被封到东阿的时候年仅37岁，但身体虚弱多病，几乎到了见风就倒的地步。当地老百姓历来有服阿胶强身健体的习惯，他们看到骨瘦如柴、风一刮就倒的曹植，就给他喝千年古方“阿胶汤”，曹植这一代才子的脸色便慢慢地红润起来。曹植深感神奇，他又用宫廷里熬药炼丹的制作方法，教给老百姓如何熬出更好的胶。那时候老百姓称熬胶为“炼丹术”。也是因“阿胶”的滋补，曹植的身体逐渐好起来，他也慢慢地忘却了宫廷斗争的烦恼，开启了自己新的人生。

书中还记载：曹植面对滔滔的黄河水，经常游玩秀美的鱼山，有一日“又游鱼山，忽闻空中梵乐之声，清雅哀婉”，“乃慕其音，写为梵呗”！阿娇读到这里，想到鱼山上确有“闻梵”的石刻。她听天贵说过“闻梵”的石刻就是相传曹植当年闻听梵乐的地方。书中说曹植是佛乐的创始人。在“闻梵”石刻的下方，还有一石洞，名曰“梵音洞”，据说曹植听到的梵乐，就是从这个山洞中传出的。后来曹植把听到的梵乐写了出来。再后来梵乐不但进了各大寺庙，还向东传入高丽和日本。曹植也是日本佛乐的鼻祖，书中还肯定地说：“曹植完成了千古不朽的中国佛教梵呗音乐。”

当阿娇读到日本二字时不由地皱起眉头，她前天还听村上的人在议论说，日本人要占领中国了，要来打我们中国人了，还无恶不作。村里也有人猜测天贵可能跟着他表哥去打日本人了，这倒使阿娇为天贵的敢作敢为，发自内心地感到自豪。

书中还写到，曹植是一个大才子，称其“年十岁就能诵读《诗》并下笔成章”。31岁时写就的《洛神赋》，以区区九百字，把一位诗人和洛水女神的爱恨怨愁，渲染得如梦如幻，淋漓尽致，千秋传诵，余音绕梁。如此一个才子，何以刚过不惑之年就郁郁病逝？书中评议：“曹植之死，其实是自己看高了自己，自己耽误了自己。”书中还写道，“在《本草纲目》中，‘阿胶’

也只是治得了病，而治不了命。”

当黄阿娇读到书中还引用了李时珍在《本草纲目》中的一句话“阿胶产东阿故名阿胶”时，心中暗想：我这哪是嫁给了曹天贵啊！我是嫁给了“阿胶”。父亲说，给我取名“阿娇”的福建客商当时说阿娇和“阿胶”仅有一音之差，这也许就是我的命。而对于书中说的曹植是自己高看了自己，自己耽误了自己的说法，阿娇心中一时难以释然。书中描述：曹植为了强身健体在东阿编了一套“杂技”，又称“要”并称“杂要”，作为艺术传遍了黄河沿岸，阿娇以前也听老人说过曹植是“杂要”的始祖，现在看到了文字记载。以前知道河北吴桥的人爱杂耍，所有杂耍班子开场前在打场时都要说：

“先拜祖宗曹子建……”

原来东阿才是“杂要”发源地！曹植才是“杂要”祖师爷。

阿娇看这些古书越来越有兴趣，涨了见识、学了技艺。特别是在书中阿娇读到了许多关于东阿特有的毛驴的故事，不禁想起自己养过的六头性格各异的毛驴来。

第五节　因驴结缘

在曹庄几乎家家都喜欢养毛驴，过得好的人家养个三头五头，过得不好的人家至少也得养一头小毛驴，毛驴平时可以干活儿，拉磨耕地，下地干活儿时可以牵着它，回家可以让它驮草和庄稼回来。平时拉磨耕地也是最好的帮手，走亲戚串门儿它又是最好的交通工具。而毛驴对吃的却从不挑剔，夏天有青草就行，冬天有秸秆就行。驴不生病，也不闹瘟疫，累了困了打个滚儿就解乏了。

阿娇从小就喜欢小毛驴，四五岁的时候，她跟着爹去赶集。正巧碰上爹的一个老熟人去卖驴，小驴驹子全身通黑，但是四个蹄子雪白，眼睛周围是白的，肚皮雪白，阿娇用手去摸它，它友好地舔舔阿娇的小手，阿娇喜欢得不行，马上叫它小黑、小黑，她这么一叫，小驴驹子就亲切地往阿娇身上蹭。卖驴的张大爷家人以前也是多次找黄郎中看过病，这次觉得终于有了回报的机会，就非要将这头小驴驹子送给阿娇养着玩，这也是阿娇养的第一头驴，她对小黑像对小弟弟小妹妹一样地呵护。两年的时间小黑长成了高大温顺的大毛驴，从此在曹庄，阿娇就成了养驴的小能手。她给它喂草喂料，牵着它吃草喝水。后来，在黄郎中的一再坚持下，阿娇才不情愿地把小黑送还给了张大爷，张大爷也送来了一车粮食作为感谢。从此谁家下了小驴驹子就争着送给阿娇养，阿娇在养小黑的两年多时间里积累了不少养驴的经验。阿娇在出嫁前，已经养过六头毛驴。阿娇养的每头毛驴都有自己的名字，最让她操心的是养的第五头毛驴，是田楼田大爷家里的。因为田大爷和黄郎中关系好，就把一头两个月的小驴送给阿娇养着，阿娇给它起了名字叫“迷瞪”，田大爷牵它来时说送给阿娇，黄郎中一再推辞不要，但它不走，送了几次也送不走。“迷瞪”长得和普通小毛驴没什么两样，浑身是灰黄毛，但跑起来飞快，只要有毛驴经过它身旁它就会去追着这头驴跑，叫不回来也不听话。有一次阿娇牵着“迷瞪”下地里去锄地，把它拴在一棵小树上，“迷瞪”咬断绳子跑了，阿娇苦苦找了两天，终于在曹天贵家的驴圈里找到了“迷瞪”。它在人家家里混吃混喝了两天，曹天贵的奶奶看阿娇来找驴，没好气地说：

“你这孩子，驴丢了都不知道找，我们问了左邻右舍都没有丢，原来是你们家的。我们不能白给你家养两天驴，你住哪里啊？”

老太太眼不是眼鼻子不是鼻子地斥问着阿娇，阿娇千感谢万感谢，还给了老太太一瓢豆子，老太太才让阿娇把“迷瞪”牵走。

阿娇因找驴来过曹家，没想到也因为找驴成就了和曹家这么深的缘分。当时媒人一说阿娇，老奶奶和奶奶都记得她，她们一致说：“行，那孩子懂事，还送过一大瓢豆子。”

阿娇喜欢养驴，因为驴勤劳可爱，更因为驴皮经过熬制制成阿胶后，还有帮助缓解病痛的神奇功效。

此时也许她不会想到，自己一生都将围绕着驴做事情。

第四章　黄河阿胶传美名

第一节　阿胶井的神奇

黄阿娇在郦道元《水经注》中曾经读到过：东阿有井大如轮，深六七丈，岁常煮胶，以贡天府。

《本草纲目》也说到了阿胶井水乃济水之眼，乃洪范九泉之水所会归，其色绿且醇，清冽甘美，性属甘温，富含矿物质，用此水制胶最善。要想得到好阿胶必须用阿胶井的水来熬。

阿娇对书中这些段落反复精读，甚至到了能倒背如流这些词句的程度。无论烧火做饭还是做针线活，阿娇都会想着这些书中的经典宝句。

一想到书中这经典的描绘，阿娇就会一阵阵热血沸腾，心想原来这好胶不但要有好皮子，还得有好水才行啊！

她记得，书中还记载：阿胶井要想水好需要每年淘一次，只有把井里的淤泥淘出来，井的泉眼才不会被堵塞，水才旺盛。书中记载这口井在唐朝时是由大将军尉迟恭受命重修的。

阿胶井在明代嘉靖七年建有一亭子，左右石柱镌刻有楹联，上联是：圣代即今多雨露，下联曰：仙乡留此好泉源。横批为：济人寿世。

书中记载翔实真切，还多次写到了井应该如何管理，每年的春天要淘一次井为佳，等等。

黄阿娇借去看望娘家爹的机会，给黄郎中详细讲了书中记载阿胶井的方位、标识。黄郎中也跟女儿说：他在行医中也听老人讲过有这么一口井，老百姓还传说是西山的老虎用爪子刨地得一泉，饮久了，化为人，后将此泉为井，这就是阿胶井。因年久失修和黄河多次泛滥，早被淤没了。只有这口井的水熬的胶最好。用此水与驴皮配合熬制阿胶，可帮助胶的药性发散，很快起到疗效，由于水质的原因，在熬制的过程中，杂质上浮容易打沫（摄取），这样熬出的胶体通明，光泽度好，并且胶不变形、不变色、不变疗效，胶放的时间越长越有奇效。

黄郎中歪着头高兴地看着女儿，听到女儿一门心思琢磨阿胶的事，满腹的愁云也逐渐消散了。但心里也还是在不停地埋怨，这个不着调的小女婿曹天贵太不懂事了，走了好几年了也没个音信，这兵荒马乱的，女儿就只好这么干等着，现在女儿有个营生想也好，省得女儿闹心。

黄郎中故意提高嗓门说：

“闺女，我借出去给人看病的机会，也再打听打听阿胶井的下落，爹也攒了几个钱，咱家也开始熬胶。咱们要熬，就熬最好的胶。”

黄阿娇点头一笑撒娇地说：

“达达，光有好水还不行，还得有好的皮子呢。”

黄郎中高兴地说：

“俺闺女就是行，说话越来越在行，靠谱了！”

第二节　好皮才能出好胶

黄阿娇还反复看了书中关于驴的详细记载，认真地记下书中所写驴的特性，感悟颇多：驴要威武雄壮，体格高大健硕，这样的驴抵抗能力强、结实、耐粗放养、不易生病。驴除了干活儿，驴肉更是宴席上的珍肴，其肉质细、味美。山东人历来有种说法：好吃吃不过天上的龙肉、地下的驴肉。只有这种驴才是制造名贵阿胶的上好原料。

驴身藏百宝。要做出最上乘的阿胶，除了讲究用水外，还得讲究用什么样的驴皮。熬胶最好用养 3 年以上的黑驴，白肚皮，白蹄子。黄阿娇读到这里想起自己养的小黑来，也想起了曹天贵。

人们常说“驴脾气来了”，阿娇觉得曹天贵说走就走的倔脾气，真像一头小倔驴。黄阿娇想到这儿不禁哑然失笑。

驴也有驴的脾气。

那些藏书还描述了许多驴的故事，什么张果老倒骑驴、驴的忠诚和厚道的趣事。最重要的是书中除了叙述怎么用驴皮制阿胶外，还写道：驴的头、肉、骨、毛、蹄、脂肪、乳等都可以入药。

阿娇读到：阿胶，为驴皮去毛煎熬制成的黑色胶块。《神农本草经》记载：主心腹内崩，劳极洒洒如疟状，腰腹痛，女子下血，安胎。阿胶有养血之功能，对女人子宫出血、流产、月经不调有特效。书中还记载驴毛可治小儿中风，驴尿可治小儿反胃、呕吐等。

黄阿娇读书读得常常是兴奋异常，有时忘记了吃饭和睡觉。她知道，书中有的方子父亲已经在给乡亲们看病中得到了验证，但她还是一丝不苟、一字不落地抄下来。她决定明天先和父亲商量商量，给婆婆用阿胶配点药。每当看到婆婆由于思儿心切而痛苦，身体越来越虚弱时，黄阿娇就打心底里难受，这个冷清的家啊！光靠自己干活儿、种地，也不是长久之计。

但每当她想到阿胶井，想到驴皮制胶的细致的工艺图时，就跃跃欲试地想自己办个阿胶作坊，她决定先去和她爹商量商量，办个好的正宗的阿胶厂，再开个中药铺。阿娇边想边在纸上画自己想象的画面：养驴，买驴皮，架上几口大锅，加工上好的阿胶，用阿胶配置各种治病的良药。人手不够，还要请多少伙计，她似睡非睡地进入了梦境。

第三节　一场美梦

黄阿娇梦到，自己从父亲处取回一块半斤左右、黄褐色透明的陈年阿胶。照着书上的药方，以阿胶为主，先把阿胶用黄酒烊化，配以熟地、知母、贝母、大枣、核桃仁、黑芝麻，熬成糊状。每天早晚各将一茶盅的药温好，服侍婆婆服用。婆婆仅吃了几天脸色就开始红润起来，身体也渐渐好起来。

梦中她突然觉得婆婆像风吹的似的，怎么就胖起来了，婆婆笑嘻嘻地告诉她：

说她自己有喜了，要生个孩子给阿娇养着。

黄阿娇想：太好了！这个清冷的家，也该有孩子的哭闹声了。特别是当她看到街坊邻居和她年龄相仿、过门时间差不多的妯娌，孩子大的都满地跑了，小的也是抱在手上的时候，她就感到寂寞和孤独，而她的寂寞和孤独只有埋到书里去寻找。

现在书也抄得差不多了。最近老听着奶奶和老奶奶一个劲儿地嘀咕，要给天贵的爹娶个二房，曹家绝不能在这一代断了后等。婆婆也总为自己养了个不争气的儿子，还一去不回，没有了音信而感到羞愧难当。所以对奶奶和老奶奶商量给曹大福再娶二房的事也表示理解。

除了阿娇外，全家人都在为曹家将要断后的大事苦闷和纠结着。这件事只有曹大福一百个不愿意，一拖再拖。

曹大福总说：

“说不定，哪天咱贵儿就能回来了。我都是有儿媳妇的人了，让外人看着笑话死了。”

曹大福对娶二房不能接受。

每当阿娇看到老实木讷的公爹时，就会联想到，天贵老了是不是也这个样子啊！想着想着，仿佛感到婆婆突然抱着胖小子往她怀里塞。

“这孩子就是给你生的……”

她刚要伸手去接，一下把桌上的针线筐子、书本全部推翻在了地上……

阿娇一下子从梦中醒来，心里突突直跳，用手一摸自己的脸还在火热地发烫。

她一面为自己的梦感到脸红心跳，一面又为自己看不到生活的希望而悲哀。随后又想到自己的老父亲看着自己苦等天贵，过着熬粥般的日子，而摇头叹气的场景。

她爹经常挂在嘴边上的话就是：

“俺闺女命苦，打小没了娘，嫁了男人又不着调，跑了个没影……”

阿娇想想梦中的情景，看看自己眼下的处境，不由得悲从中来，也不敢大声哭，只有任凭热泪长流。

哭够了，咬咬牙心想，明天就去和爹商量，尽快把阿胶作坊办起来，听不到拉拉咕（方言，指蝼蛄）叫还不种二八地了，自己要办个真正的阿胶作坊。

第四节　黄河牌阿胶

阿娇和公婆商量着说：

“俺想把俺娘家爹请到家里来一趟，一来是给婆婆看看病，二来想商量着咱们自个儿家也办个阿胶作坊的事……”

婆婆和公公早就知道阿娇有办个自己家的阿胶作坊的想法。

庄上已有不少人家都在自个儿家里办了阿胶加工的小作坊，虽没有发大财，但也不愁吃喝，比种庄稼还要强一些，甚至还有的人家雇上了几个伙计。

外庄上就有杀驴的，也有外地往这庄上卖驴皮的。

庄上也有坐堂收阿胶的商人，齐家生意现在做大了，全家都搬到济南去了。他们在济南的铺子叫洪福堂。洪福堂有时候也托黄郎中给他们收胶。阿娇心想自己将来熬胶应该不愁销路。自从阿娇看了那些散装的书后，做梦都想按照书上阿胶的制作详细图解，做出自己的阿胶。她觉得庄上的人，阿胶制作方法都是师傅教徒弟的简易法，或者是省工减料的做法。按照图纸上的做法，做出的阿胶一定是上乘的。平时她也羞于对别人家做的胶指指点点，自己办个阿胶作坊就按书上的方法做，她的梦想和期盼就是做出自己的阿胶来。

阿娇一大早到了爹那里，这次更加详细地把自己的计划说给了爹爹听。

黄郎中说：

“我探访了不少人，也跑了不少地儿，看来阿胶井是找不着了，用你家前边那口井就可行，但需要深淘一次。还要买几百块好砖，要请些打井老把式边挖边往下砌砖，泉眼周围也要铺上砖，泉眼要用大眼的纱布罩起来，这样能保证水的干净。”

黄郎中一边走一边说一边比画着，不大会儿就到了曹家，曹大福和姚氏热情地招呼黄郎中：“亲家咱们堂屋里坐。”一边忙活着端茶递烟。

黄郎中边应声，边往堂屋里走。

虽然阿娇嫁到曹家五六年了，他还是第一次到曹家来，曹家人不串门的规矩村里几乎尽人皆知。如果不是阿娇叫他来商量办厂的事，他也不会来曹家的。

一想到女儿自从嫁到曹家，如同守活寡一样，心里就像插了一把刀子似的，这把刀子时不时地还要搅上几下。这次为了女儿他不得不打碎牙往肚里咽。

嘴里应承着说：

“呵呵！我先去看望奶奶和老奶奶。”

黄郎中随着孩子称呼老人家。

曹大福笑呵呵地跟在黄郎中的身后，直说：

“老哥哥，您就屋里坐吧。”忙着又让茶，又让烟。

曹大福家在农村里也还算得上殷实人家。三间敞敞亮亮的堂屋，堂屋中间靠北墙放着个条儿，紧挨着条儿前面放着个四方的八仙桌。在条几正上方的墙上供的是祖宗的牌位，八仙桌的两边各放着两把圈椅。黄郎中知道，在农村这是最讲究的布置。室内则是十几层的砖垛子上边放着木板做的屏风，隔出了东厢房和西厢房，天贵的奶奶住在西厢房，老奶奶住在东厢房，因东为上手，东为大。

曹大福和姚氏住在东边的三间屋里，阿娇住在西边的三间房里。南边的三间屋一间为大门的过道，其余两间为厨房。这十二间平顶的房子除三间堂屋为浑砖到顶的外，其余房子也就是十来层的砖基和土坯的墙，只是房子用的木头比别人家的好。

但黄郎中认为这个家里是不能熬胶的。如要熬胶就必须在院外边再盖几间房子，要放皮子、放柴禾还需要有一个大一点的院子。

曹大福和黄郎中边喝着小酒边不紧不慢地等着和阿娇商量这个阿胶厂怎么办……

曹大福突然开口：

“我就是把地卖了也要圆了孩子办个阿胶厂的梦！贵儿这个兔崽子也不给家里来个信，活不见人，死不见尸的，我们要这么多的地有啥用。现在兵荒马乱的，看好墓地不被人祸害就行了。”

黄郎中可能是受曹大福情绪的感染，就像对谁发誓一样地说：

“就是砸锅卖铁，扒了我的老屋子也要办好这个阿胶厂。”

黄阿娇这时从她的屋里拿出厚厚的一沓子写着字、画着图的纸样说：

“你们二老看看我画的这个图样，咱家离黄河最近，就叫黄河阿胶吧。”

又叫来姚氏：

“娘您也来一起听听啊，给俺提提醒啥的！”

第五节　梦中的胶厂

阿娇把画的厂房图纸和熬胶的工艺图一张一张地打开，足有百十来张。画的图像印上去似的，不光字迹工整而且非常细致。哪个地方做什么，放什么，哪个地方几个人操作都写得清清楚楚。

黄郎中看后大吃一惊，没有想到自己的女儿这么细心、这么有能耐。这百十来张图纸把全家人都看得目瞪口呆的，曹大福心想，这儿媳妇可真是个女秀才。

天贵娘尽管身体不舒服，看了图纸后精神也为之一振。奶奶也不停地插话感叹说：

“俺的乖，你咋恁有材料哎！咱曹家以后就指望你了。”

老奶奶也不停地说：

“俺重孙媳妇赶得上穆桂英、樊梨花这些戏文里说的女英雄了。”

阿娇说：

“只是拿出来让家里人看看，可不敢对外说。”

“今天主要是想让俺爹来给俺婆婆号号脉，调理调理身子骨，顺便让老人们看着商量商量咱们家也办个阿胶作坊这事中不中，听听老人的想法。”

黄郎中边准备给亲家母号脉边想，自己这孩子可真下功夫了，图纸上已经准确地画出十几间房子的效果图、施工图，按收皮、晾晒、切皮、泡皮、熬胶、出胶、擦胶、成品、出库的流程画出来的。还把厂子设计得像个大花园，墙内一圈全是果树，除了厂房还画出了种菜的地块。

黄郎中忍不住问：

“妮儿，没见过炼胶的地方还种菜的。”

阿娇笑呵呵地说：

“种树种菜是后边的活儿，先把厂房盖起来，厂子景致好风水好，熬出来的胶好就不愁卖。”

“这个熬胶厂还要准备很多，盖房子的砖瓦木石料，我们家的熬胶厂要和别人家不同，咱家的要像花园一样。”

阿娇说了一通后，看着她爹说：

“您先给俺娘号号脉，只有俺娘身子骨好了，我才有心思做这个胶厂。”

全家人都看着黄郎中能给出什么方子。

曹大福看完图纸后，边抽烟边琢磨着，怎么能多筹些钱……

古人语：兵马未动，粮草先行。

第五章　春风传佳音

第一节　出手不凡

黄郎中号脉前，又盯着看了看亲家母的脸。

自从阿娇的娘死了后，他很少直视一个女人。给女人家看病号脉，一般也是低头虚着眼，一来是男女授受不亲，二来是自己是没了女人的人，怕别人说闲话。

他多次听阿娇讲：贵儿的娘有病，病得还不轻，要他尽快拿个好方子来给婆婆治病，但他怎么也没想到亲家母会病得这么厉害，这次他仔细端详了贵儿的娘，就觉得这个女人身心都有病，脸色蜡黄，面部浮肿，嘴唇发白，除感觉到她走路气喘吁吁外，黄郎中还感觉到她身子有点打晃，不由得心中咯噔一下。常言说"男怕穿靴，女怕戴帽"，女人就怕头脸肿，她要是没了，我闺女在曹家的日子就更苦了。

黄郎中勉强笑了笑说，先不说别的了，我先给亲家母把把脉吧，配几服药先吃吃看。

阿娇赶紧放下手中的图纸，收拾好八仙桌前的座位，让他们坐下。

黄郎中将右手除拇指外的四个指头全部轻搭在姚氏右手的手腕上，又详细问了她饮食起居的情况，用安慰的口气说：

“身子骨有点瓤，只要你按方、按时服药，并无大碍，我保证亲家母身体会好起来。咱们守着我这个半路出家的郎中，还有东阿阿胶这个大药铺，哪能有治不好您的病的道理。但大夫是治得了病治不了命，凡事要自己劝自己往开了想。”他这不但是说给天贵娘听的，也是说给他们全家人听的。

他回避了天贵的事，只是慢条斯理地说到塞翁失马的典故，说得全家人对天贵的事少了些担心。

黄郎中最后慢悠悠地说：

“有幸的是我还藏了点贡胶，这是当年咱们东阿的德树堂生产的，听说这种贡胶慈禧太后都服用过，使她的血症得以治愈，还生下了同治皇帝，她的画像和亲赐的黄马褂我都见过的。”

黄郎中边说边开药方。

阿娇知道爹手里存了些好胶，她可没想到爹手里还有贡胶，贡胶是要用金锅、上好黑驴皮和阿胶井的水，用桑木材熬制而成的，要熬九天九夜才能成胶，据说贡胶和黄金等价。

这时黄郎中把开好的药方递给阿娇看，阿娇看到药方是这样写的：阿胶（一两、炒令熟燥），白芍药（半两），干姜（半两、泡裂锉），卷柏（半两），桂心（半两），白龙骨（一两二），鹿茸（一两去毛、涂酥炙令黄），人参（一两、去芦头），白茯苓蒲黄（半两），当归（一两、锉碎、微炒），白术（一两），厚朴（一两、去粗皮，涂生姜汁炙令香熟），石斛（一两、去根锉），黄芪（一两、锉），熟甘地黄（一两），艾叶（三分、微炒），莒芬……上药，捣罗为末，炼蜜和捣二百杵，丸如梧桐子大。每天空腹及晚食前服，用粥做饮子，也可以温酒服用。

阿娇看完药，啊了一声说：

"达达，您开的这药方子恐怕整个东阿县城也抓不齐啊！"

黄郎中说：

"这次开的药是多了些，吃上十服再调。开始不用猛药不见效，我明儿个去阳谷、东昌府去看看，先把你婆婆的病治好，给你婆婆治好病，咱办好熬胶作坊就没心事了。"

听黄郎中这么一说，全家人才感到贵儿的娘病得不轻，到了非抓紧治不可的地步。

曹大福用右脚跺着地说：

"就是把地卖了，也要把贵儿娘的病治好。"

黄郎中说：

"我回去先把九朝贡胶加几味现成的药配上，明天就服上胶汤，人的命比啥都金贵。"

姚氏只是边流泪边哽咽地说：

“俺吃啥好药也不中用了，还是留着钱给孩子开阿胶作坊吧。”

贵儿的奶奶和老奶奶也都凑过来絮絮叨叨地说：

“老辈的也都说过九朝贡胶，没想到你那里还有，能治好俺家媳妇的病，俺们曹家就打个板把你给供起来。”

黄郎中笑着说：

“老人家言重了，不敢当啊，治病要紧。”

第二节　父女情深话阿胶

在黄阿娇收拾碗筷的空当儿里，黄郎中和曹大福对怎样办阿胶作坊也开始有了筹划。曹大福也是一边说办阿胶厂的事，一边眼含着泪，一再恳求道：

“亲家您见多识广，您得想办法尽快把贵儿的娘的病治好，俺家出钱出力是没问题的。”

黄阿娇把家里收拾停当后和几位老人打过招呼，就陪父亲往家里走。他们父女边走边聊，当说到阿胶的功效时，阿娇忍不住给她爹背起书文来：

“万病皆由气血生，将相不和非敌攻。一盏阿胶常左右，扶元固本享太平。”

黄郎中说：

“闺女，你像我当年一样好记性，我当年背过几千个药方子呢，但爹还得说你，对你婆婆的病你和你们全家可是有点太大意了。”

黄阿娇说：

“我也时不时劝她吃点阿胶调理调理，她就是不听。我做了她也是一会儿吃，一会儿不吃的，这吃阿胶需要慢慢地进补。我记得我小时候云姑姑让我背元曲，元曲中曾有一首：阿胶一碗，芝麻一盏，白米红馅蜜饯，纷腮似羞，杏花春雨带笑看，润了青春，有了本钱。可是我用心做的阿胶汤、阿胶膏，俺婆婆每次也就尝一下，就是不坚持吃。我就都给了奶奶老奶奶她们吃了，你看她们身体好着呢。俺婆婆的病就是因为天贵走了以后，她总是哭，本来身子骨就不好，再成天哭还能有个好？主要是心里有病。”

黄郎中边听闺女说，边用手比画了个八字说：

“闺女，贵儿可是个好孩子，爹的眼光应该没错。”

黄阿娇马上说：

“达达你可别瞎说啊，这可要杀头的。”

阿娇虽然是这样说，但心里免不了一阵突突乱跳，又一再追问她爹是谁说的。

黄郎中说了句：

“到家再说吧。”

然后边走口里边背着曹植为阿胶写的“授我仙药，神皇所造。教我服食，还精补脑。寿同金石，永世难老”的诗。

这首诗阿娇再熟悉不过了，因为她知道父亲一高兴就会念诵曹植这首诗。

爷儿俩到家后阿娇急不可耐地说：

“达达您知道了怎么不早点说，早说也许我婆婆的病也早就好了。”

黄郎中说：

“我不也一直在托人四处打听吗，没个准信儿哪敢乱说，也是前些时候才听了个确切的信儿，我又亲自去了一趟山里，有点眉目才敢给你透个口风。”

黄郎中于是就把那个老来庄上收阿胶的瘸腿王大爷如何买阿胶的事，如何通过他打听到部队上有个叫曹天贵的文书是东阿人，等等，都给自己的女儿一字不落地说来。

阿娇听了后想了想说：

“我也明白他不能给家来信的难处，怕连累咱们呗。他们部队上也需要阿胶啊？这可没想到过，那就得更快地办起咱们自己的阿胶厂。咱这个厂要办大办好，光靠咱两家这点钱可不行。”

黄郎中说：

“妮儿，我再去找几家合得来的开药铺的老少爷们儿商量商量，让他们也出点钱，咱们两家占一半，另一半再找三五个老朋友，也让他们进来占几股。”

阿娇有点奉承地说：

“爹的人缘好，需要有一千块大洋，这才能办一个像样的阿胶厂。”

“好，家里还有几味现成的药，我立马给你婆婆配点药先用起来再说其他的事。看来我刚开的那个药方这一时半会儿的还配不齐，我明儿个出去抓。”

阿娇只看父亲从房顶上一个罐子里掏出用布和黄裱纸包了一层又一层的阿胶，那阿胶泛着琥珀颜色的光泽。

黄郎中说：

“这就是贡胶，放的时间越长越有奇效……”

并毫不犹豫地砸下一块用小秤称了一下说：

“这是二两。”

黄郎中吩咐阿娇马上用黄酒泡上，又把人参、当归、丹皮、桂枝、麦冬、芍药一一称好兑上半斗水开始熬，并对阿娇说：

“这是东汉张仲景的药方，很好用，熬三碗明天就服上。”

当阿娇问到要不要把天贵的事给家里人透露时，黄郎中说：

“你先别说，你熬好了药我同你一起过去，到时候看情况再说。”

第三节　王瘸子大话胶

第二天黄郎中把熬了一夜的药装在药罐子里，陪着闺女赶到曹家，药还没凉。

黄郎中说：

“亲家母你赶快趁着还热乎，把药喝下去吧，身子骨儿会早些好起来。”

姚氏碍着面子，强打精神把药碗端了起来，还没喝就泣不成声，哽咽着说：

“俺对不住你们爷儿俩，媳妇跟着俺遭了这么大的罪。”

黄郎中说：

“千万千万不要多想，这就叫命，什么都是命，人的命天注定……”

黄郎中心想就借机给她说了吧，心病和身体的病必须一起治，只有心里敞亮了才能彻底治好她的病。

黄郎中接着说：

“天贵现在好着呢，您莫为他担心。”

“啊！”

天贵娘两眼立刻直了起来，端药碗的手直发起抖，几乎要洒了出来，她瞪大眼睛看着黄郎中说：

“大哥你可别哄俺，俺儿一定是早就不在人世了，世道又这么乱，俺还活着有啥意思。要不是想到俺那懂事孝顺的媳妇，俺早就……”

黄郎中说：

“弟妹，我从来不说诓话，过一会儿我把王瘸子叫来，让他亲口给你说。今儿个后半晌吧，他要到我这里取胶的，就带他到你们家来一趟吧？”

贵儿的娘半信半疑的，将大半碗药分几口喝了下去，全家人心中既忐忑又惊喜，贵儿离开家快六年了，在这兵荒马乱的年代，能有孩子一丁点儿消息，不亚于给全家每人打了一针强心剂。

曹天贵这个千亩地里的一棵苗，现在是牵动着曹黄两家人的心，全家人一遍遍收拾，打扫着屋里屋外，也不再讲究外人来家的规矩，专等贵人的到来。

天快擦黑的时候，王瘸子真的一瘸一拐地随黄郎中到了曹家。

王瘸子个子不高，但长得很敦实，一身黑粗布夹袄夹裤，肩上背个老蓝布做的褡裢，腰里扎着个灰不溜秋的战带（用宽布做的扎在衣服外边的带子），还别了铜锅子烟袋。

坐下边喝茶边笑呵呵地说：

“俺听老黄哥说，你们几家要建阿胶厂？依我看，这个主意好。阿胶可是个好东西，从古到今，上至宫廷的皇上，下至咱平头百姓都需要阿胶啊！说书的还说道，当年杨贵妃‘暗服阿胶不肯道，却说生来为君容’。”

接着说：

“唐朝的时候咱们东阿的阿胶就只专贡皇帝李世民的。李世民当年在咱山东打仗遇到强人王世充，仗打败了，人困马乏，到咱东阿县来休整，就是喝了咱们东阿的阿胶汤，才焕发了精神，终于打败了王世充。李世民从此就派遣大将尉迟恭住在东阿，还把住了阿井。”

他说到这里，阿娇和黄郎中几乎同时“啊！”了一声，相视会意。

曹家的人几次想打断他，着急地想直奔主题问天贵的消息，但碍着面子只好听他唾沫星子乱飞地接着说：

“当时尉迟恭还颁布了一道令，百姓不得私自用阿胶井的水，只有官家才能起封用水，‘熬胶进贡’。现在咱们过年贴在左边门上的门神就是尉迟恭，他可是个杀人如麻的厉害主儿。那时咱东阿的阿胶是皇宫派人来监制的。从唐朝开始，阿胶从一个微贱的民间之药物，一跃成为皇家的贵重补品，与人参、鹿茸并列为药中三宝，当年阿胶的价格高得吓人，咱老百姓无福消受，成了宫廷的专卖品。尉迟恭之所以封井，是因为知道阿胶的好与坏，与熬胶用的水有关。咱们东阿的水好，要不咋说一方水土养活一方的人呢。”

王瘸子说到贡胶更是眉飞色舞，黄家父女虽然听得津津有味，但也着急知道曹天贵的消息。

曹家的人终于忍不住，天贵的娘颤颤巍巍地说：

“大兄弟俺就想知道俺孩子的下落。”

王瘸子说：

“我只是个贩卖阿胶的，你们想知道孩子下落的心情我知道，也是老黄哥托我打听。我知道你们对孩子的事上心，但你们不能对外透露半个字。我知道他干的都是为咱老百姓好的事，他该回来的时候自然就回来了。现在日本鬼子快打到咱这里了，咱们东阿县都快要沦陷了，只是咱这个穷乡村又在黄河边上，咱还能过庄户人家的苦日子，日本人还没到咱这里来，凡是日本人到的地方，都是抢光、杀光、烧光，他们来了可就没咱的好日子过了。年轻人谁能咽下被日本人欺负的这口气？孩子他现在不能回来，回来就没命了。他们队伍打仗更需要咱们的阿胶配药，这年头会做阿胶能发财，好阿胶就能卖个好价钱。可千万不能对外透露孩子的半点风声，否则你们全家就该没命了。”

王瘸子的一番话不但更加坚定了黄郎中父女办厂的决心，也给曹家的每个人都打了气。而且他们从王瘸子的语气中听出了曹天贵不但活着而且还干着很有出息的事，他在的队伍就需要采购大量的阿胶，可惜这年景阿胶加工也难呢，生产量太小了。

曹大福用右脚猛跺着地说：

“明天我就找几个想买俺地的爷们儿，先把最好的地卖个十五亩。再从林地里刨几十棵树，再卖点家里粮食，能凑够三百块大洋。”

黄郎中说：

“二百块大洋我都准备好了，这年景卖地难，你多卖点树，明儿个就请几个中人把那几家要对勾子（俚语，指合作）办药房的老板请来，立个文书字据。你王老弟要想占几勾也行，你这个外乡人不想占勾就给我们当中人（中人就是见证的人）。”

第四节　金锅银铲铜马勺

在曹庄的东南角紧挨黄河围堤的外边，离曹植墓有一里之遥，很快曹家把四亩多地圈了起来，盖起了一排十几间的大房子，又招了十几个伙计。

黄阿娇用自己的巧手将胶泥、黏米面和榆树皮等和在一起，花了大功夫，按书上的图做出阿胶生产的全套图示。

阿娇把图示放在一个专门的屋里，反复给新来的伙计讲解，示范，连每一个手的动作都要照着图上做。

黄阿娇说：

“谁要不听不按照图示做，别怪我让他走人。”

黄阿娇还坚持按《神农本草经》说的用乌头驴的皮，用桑木材。因为紧靠黄河，又因阿娇姓黄，十里八村都拭目以待，想看看这小媳妇的阿胶怎么样。

那时东阿县叫“铜城”，城里的张铁匠的锅做得是远近闻名，黄阿娇就出高价求他给做了三口十八号的双底大铁锅。

黄阿娇办厂，在娘家婆家都成了主心骨。但每遇到大事黄阿娇还是要先和老人商量。

特别是在淘井的事上。

黄阿娇说：

“四月的天气是淘井最好的天，咱家门口的这口井必须深淘一次，才能保证炼胶水好。”

全家人也都十分赞成。

以前淘井是全村人出力出钱，大家凑份子，也就淘出些杂草淤泥和谁家掉在井里捞不上来的水罐、水桶什么的。这次是作坊出钱买了几千块上好的砖，请了最好的淘井师傅，先淘一层泥再沿着井往下继续铺一层砖，黄阿娇决定要按照这个方法往下再淘一丈深。

这口井本来就是远近闻名的好井，淘井的杨师傅说：“再淘一丈深，你们这口井就成了金水井了。”说得大家哈哈大笑，没想到杨师傅的这句话却一语成谶。

一般淘井连准备到开工只要个5天，阿娇准备用10天左右的时间。阿娇又找了几个邻居帮忙做饭。

阿娇在开工前就蒸好了好几锅白蒸馍，还准备了各种菜和酒。开工这天，曹家的人带领大家给井上了供、烧了香、磕了头。

开始淘井了女人是不能在现场的。这也有它的道理，因为男人在下井时要穿个短裤喝上半瓶酒，随着辘轳下去。

开始前几天干得很顺利，淘井的师傅和井上的小工都觉得没费多大力气。但往下挖了快一丈的时候，却怎么也挖不动了，井下的师傅说，在井的中间遇到了一块圆不隆咚的大石头。黄阿娇也顾不上老辈人说的淘井时女人不上井的规矩，看到混在淤泥里的大泥球，黄阿娇弯着腰一遍遍地用水冲刷，仔细地观察。冲洗后她站起身又用满是泥的包袱皮一盖，笑嘻嘻地告诉围观的大人和孩子：

“咳，就是块破石头，可能是咱老辈的铺井沿的石头掉下去了。”

她用她家的驴，把东西驮回家里。

等到夜深人静的时候，黄阿娇悄悄地告诉全家人：“那可不是一块普通的石头，我怀疑是祖祖辈辈传说的那口金锅，锅里有银铲、铜马勺，还有盖子。在书里我看到过记载，这口锅能买下咱们全县的土地。可能是咱的老祖宗们留下的，也许就是当年给朝廷熬胶用的，遇到兵荒马乱时，有意沉到井里的。”

全家人大眼瞪小眼地看着阿娇，像听天书一般。在震惊之余，他们对着祖宗的牌位一个劲地磕头。

黄阿娇说：

“这口锅怎么办，我们全家还得商量个法子，现在先放在灶火窝里了。”

但是阿娇不顾淘井的规矩，从井上匆匆忙忙用驴把东西驮回去的事，像谜一样引起了庄上心眼多的人的猜测和怀疑。

第五节　机智应对是与非

这口井以前也淘过多次，大的物件就是谁家掉在井里没有捞上来的水桶、水罐子和绳子之类的，捞上来后放在井边上各家自己认领。

这次淘井的师傅都是从阳谷北崔村请来的，他们一边往下续砖，一边往上拉井底的淤泥，当师傅往下挖一丈左右的时候，却把他们给难住了，砸不动、挖不动、搬不动，用镐头一挖就冒金星，还震得手和胳膊痛。

崔师傅特别有经验，从物件的周围下手，一点一点地抠出来。在暗无天日的井下看不清是个啥玩意儿，费了九牛二虎之力终于用镰铲拉了上来。这玩意儿开始和淘上来的烂泥滚在了一起，然后阿娇用驴驮回了家里，淘井的师傅也都想看看，几天谁也没提这个事，最后井淘完了，在请淘井的师傅吃饭喝酒的时候，崔师傅说：

“这口井淘得最费劲的不知道是个什么东西，那叫一个重。”

曹大福说：

“是老辈的……”

正说着，前街的孙喜发的媳妇就大呼小叫地进了阿娇家，叉着腰，不客气地说：

“我们家年前掉到井里的水筲怎么不见了？你们淘井淘上来没？有人看到你们往家拿了那么重的物件是不是我们家的水筲啊？”

阿娇笑呵呵，赶快迎上去说：

“大婶，淘上来的东西都在井边上放着呢，各家自己去认了拿回去，我拿回来的是我们家的。有的水桶时间长了可能就泡坏了，就剩了板子钉子和箍子了。”

“我们家去年才掉进去的坏不了，你用毛驴驮回家的是什么呀？得让我看看是不是我们家的那个榆木水筲，听孩子们说几个人都抬不动。”

阿娇被这种不讲理的人气得不知如何开口，老奶奶拄着拐棍儿从里屋出来说：

“那是我们家的一块槌布石，还是我做媳妇的时候在井边洗衣服的时候掉下去的，上几次淘井师傅们不在行，没有淘上来。”

老奶奶大声地夸奖淘井的师傅。

“你要看可以进屋里来看看呗。”

阿娇看到喜发媳妇不管不顾地就要往屋里闯，有点着急，刚想说话，老奶奶不紧不慢地指着喜发媳妇说：

“你看看，你看看，你这脸脏的，井里的水也没人跟你要钱，打桶水先把你的脸洗洗，再进我们家屋里。看你这衣服都露着肉，抽点空不能缝上两针？女人家出门咋能露肉啊！贵儿媳妇快拿件衣服给你大婶子换上。”

这时看热闹的孩子跟着有十几个，就有人去告诉孙喜发说他老婆在别人撺掇下到阿娇家发疯闹着要水筲，孙喜发忙赶来拉着媳妇说：

“水筲我已经拿回去了。”

这时，一个淘井的年轻师傅从里屋费劲地搬出来一块槌布石。

后来这院子里一直放着这块长方形的石头，红白相间光滑可鉴，邻居也常有人来串门借这块石头槌布。

第六章　黄河阿胶蒙难

第一节　存心自有天知

黄阿娇家生产的阿胶，还没出厂就引得十里八村谈论。好多大药铺都拿着大洋、推着粮食来这里等着胶晾干了就拿走。

其实生产出来的大部分阿胶还是被药贩子王瘸子用提前交的定金想办法拿走了。尽管大家心急，但黄阿娇还是坚持，要把所有的古法工序做完才能出厂。

每锅胶，都是从子时开始熬，经过七七四十九道工序熬制的，火候要根据胶的情况调整，但锅里的铲子却要不停搅动，黄阿娇反复的实验，在胶里加了些上好的豆油后，胶就不再那么黏了，用锋利的刀一切就开。用自己家织的白粗布蘸着滚烫的开水，将切好的足斤足两的胶块的六面全部反复擦好，这样做出的阿胶真的就与琥珀无二。

其他作坊只要来问黄阿娇是如何做的，黄阿娇就会如此这般毫不保留地传授给他们，黄河牌阿胶一时成为东阿产胶的领头羊。

那时一斤阿胶的价钱可以和一亩地等同，一头驴的皮子也就能出一斤胶。老中医配药时要用几毫几钱来称量。

黄阿娇在炼胶厂子的大门口竖起了一块白底黑字的大牌子，上面写着：“炮制虽无人见，存心自有天知。”

黄阿娇还和父亲日夜研读，她抄着书上的阿胶药方，按照书上的药方推出了一批阿胶膏方，连济南府的人也络绎不绝地来找黄郎中开膏方，黄河两岸一时风靡起吃阿胶配制的各种膏方，老百姓形容说：

“找黄家父女开阿胶膏方的人，把曹庄的路踏得比镜子还亮。”

天贵娘在黄阿娇父女的精心调理下，身体也渐渐好了起来。不但能挑水做饭，还能帮助打理作坊的一些活计。天贵的奶奶、老奶奶也闲不住，帮着忙活家里家外的事。曹大富带着伙计们每天赶集去买烧火的桑木材、驴皮。

黄郎中整天笑呵呵的，见人始终一句话：“家和万事兴”。

对天贵的事家里人都心照不宣。

庄上也有好事的人，对曹家人做出这么好的阿胶有好奇的，也有猜疑的，当然妒忌的也大有人在。其中有一个张家作坊也是个老作坊，但不着四六的少东家张敢峰却是极不服气，拉着几家作坊暗中和黄阿娇作对。

张敢峰扬言说：

“我们这些老爷们儿还能败在一个小娘们儿的手里？”

自从曹家作坊一开张，张家作坊就明里暗里较着劲。黄阿娇觉得各做各的事，对伙计传来的闲话也不在意，只潜心研究阿胶的做法和它那令人称奇的妙用。黄河牌阿胶成了东阿当时最好的阿胶品牌。

有史料记载，当年黄河牌阿胶几经转手还送到了延安。

黄阿娇还悄悄地将金锅砌在灶房里，伪装起来。自己和家人用金锅、银铲、铜马勺经过九十九道工序终于熬制出九朝贡胶。

黄郎中在给人看病时一不小心夸起了闺女，说俺闺女也会熬九朝贡胶。

给别人捎东西，往往越捎越少。而闲话往往越传越多。

羡慕嫉妒恨的人，任何年代都大有人在，为日后的曹家埋下了祸根。

第二节 鬼子作恶多端

正值 1942 年的寒冬，这一年的冬天特别的冷。

一进 11 月就开始滴水成冰，日本鬼子在华北乃至在整个晋、冀、鲁、豫到处烧杀抢掠，达到了疯狂的地步。特别是 1938 年

11 月范筑先将军在东昌府（聊城）向全国通电后，日本鬼子用极其野蛮的手段侵占了东昌府（聊城），范筑先将军亲自率领一千多名抗日将领在聊城的大街小巷与日本人展开血肉之搏，誓死不屈，要用自己的热血来保卫聊城，践行自己的诺言。

范筑先将军身上多处负了重伤，直到流尽自己最后一滴血，和六百多将士共同捐躯在聊城。从此，当地的百姓群情义愤，个个对日本人的暴行恨之入骨！很多人都以能背下范筑先将军通电全国的电文为荣，电文内容如下：

"慨自倭奴人寇，陷我华北，铁蹄所到，版图易色。现我大军南渡，黄河以北，坐待沉沦。哀我民众，胥陷水火，午夜彷徨，泣血锥心，职添督是区，守土有责。裂眦北视，决不南渡。誓率我游击健儿和武装民众，以与倭奴相周旋，成败利钝，在所不计，鞠躬尽瘁，亦所不惜……"

黄阿娇每当听到公公和父亲议论范筑先的电文时，心里就一阵阵发紧难受，暗自饮泣，也一再默诵这催人振奋的电文。她对自己创办的阿胶厂更有浑身使不完的劲，夜夜挑灯熬胶。

阿胶厂原有十几个伙计，现在还剩下两个年龄长的。

对年轻的伙计，阿娇全力地鼓励他们参军抗日。黄阿娇历尽艰辛办起来的阿胶厂眼看着遇到了原料不足、人手不够的境遇，但都在她的努力下坚持了下来，现在又遇到了鬼子大扫荡，整日提心吊胆。

黄郎中几乎天天出去给人看病，家里其他几个老人还在坚持着。

有一次黄郎中回来对曹大福说：

“鬼子在咱们铜城（东阿县）修了自己的碉堡，这些王八蛋躲在自己的王八壳里，还隔三岔五地出来扫荡。能抢的就抢，拿不走的就烧，专门糟蹋年轻妇女，还把屎拉在老百姓的面缸里，这日子没法过了，我们的胶厂也停停吧……”

曹大福明白，亲家公是担心他女儿的安全，满脸痛苦地说：

“我们都劝劝她吧，可惜了的，刚有个好的开头。这闺女能干也有主意，上次鬼子来扫荡，到了我家的祖宗坟上，什么也没找到，只放了把火，也就烧死了几棵树……”

曹大福自觉说多了，赶快停了话题。黄郎中可是心知肚明，曹林（曹植墓）还是有些东西的，阿娇虽然没亲口对他说，但他觉察到，闺女和曹家绝对一条心，她和公婆早在鬼子来扫荡前就已经把墓地里的东西收好藏好了。

那一日，二十多个鬼子和十多个汉奸在墓地上折腾了一天，最后他们不解气，把曹植孙子为曹植立的一块用各种字体写的碑，砸成两截，放了把火烧了曹林，一无所获地悻悻离去。带头的鬼子小队长原田次郎，他的罪恶行径被他的上峰知道后，受到了撤职调离的处理。因为日本人也十分崇敬曹植，特别是对曹植所写的佛教梵呗音乐，日本鬼子达到了顶礼膜拜的程度。后来听说原田次郎在离开东阿县城的前一天晚上突然七窍流血倒地死亡，大家都说是报应。

日本鬼子后来就很少再来骚扰曹庄，一是曹庄比较偏僻，紧靠黄河，离鬼子的碉堡比较远，二是发生了火烧曹植墓的事件后，鬼子来的次数明显少了。但是国无宁日，家家都闹得人心惶惶。村上稍有一点动静，年轻一点的女人就涂抹上满脸的锅灰，挎个篮子带上几块干粮，男的就拉上牲口，全家一起出逃避难。一般就是去紧靠黄河北岸的山里躲起来，进山的山口最窄的地方正好在曹庄旁边，只有3米多宽，曹大福用竹子扎了软梯，只要鬼子一来他们就把村里大人小孩带着逃往山里，鬼子一走他们就再回来。这几年的捉迷藏，搞得大家疲惫不堪。

日本鬼子为报复聊城保卫战所付出的伤亡代价，在聊城的汤邑、博平、寿张等水源里放了大量的霍乱细菌。

当年聊城境内十有八九的人是惨死在这场惨无人道的细菌战中的。人一般染病后是先吐后拉，有的是整村整村的人死亡。黄郎中不顾自己的身体，终日奔走。跑了东庄去西庄，转了南庄走北庄。哪里病人多他就去哪里。

黄郎中用阿胶配上黄连、石榴皮、当归、艾叶、干姜，用大锅在各个村帮助熬成汤，让大人孩子大碗大碗地喝。抵抗力强病情比较轻的人，就是靠喝了这种药汤，开始好了起来。病情比较重的人，黄郎中就用阿胶、当归、白芍、干姜等配伍，研成末让他们连服十几天。也有的让他们食用阿胶生地粥，用阿胶和生地慢熬至粥，空腹服用。

黄阿娇夜以继日地帮助父亲在家配药，自己熬得两眼通红，黄郎中更是什么也不顾，到处跑着治病救人。周围的百姓称他们父女为活菩萨。

那天阿娇忙了一夜，在作坊里加班熬胶，天快亮的时候，突然听到在空旷的上空响起了哐哐地敲铁锅的声音……

这是村里互相传递鬼子动向的信号，只要鬼子一出动，每个村就会有人爬到房顶上去敲鼓、敲锣、敲铁锅，每一种声音都有特指的意思，在夜深人静的时候，这敲鼓、敲锣的声音绝对能传十几里。敲铁锅说明鬼子离得很近了。鬼子往哪个方向走，哪个村就用这种方式传递信息。

这日，婆婆姚氏和曹大福一听到这个动静就急急忙忙赶到阿胶厂，姚氏往阿娇脸上抹了两把锅灰，给儿媳妇披了一件自己的破褂子，拉起阿娇就往外走，两个伙计也拿着几件衣服往外跑。姚氏边拉着阿娇的手往庄外跑，边对阿娇说："你奶奶和老奶奶一会儿就会过来看着咱的作坊。她们年纪大了走不动，前几次都没什么事，你就放心地和大家走吧。"

婆媳俩相互搀扶着跟着曹大福和庄上的人往黄河北岸的山里逃去了。

天贵的奶奶和老奶奶收拾好家里，就深一脚浅一脚地赶到作坊里。

天贵老奶奶说：

“我在门口看着点，你去屋里拾掇拾掇……”

也就前后脚的工夫，十几个日本鬼子骑着带挎斗的摩托，带着狼狗和几个汉奸，赶到黄河阿胶厂的门口。

天贵的老奶奶张开双臂试图拦住这帮穷凶极恶的鬼子兵，鬼子的小队长只给狼狗使了个眼色，那狼狗一下子就蹿起一人多高，一个猛子就把天贵的老奶奶扑倒在地，肆意地撕咬起了这个八旬老人。

鬼子们的哈哈大笑声更给这个畜生增添了欺人的勇气。老奶奶的哭喊声、叫骂声惊动了天贵的奶奶，她拐着一双小脚，从后面屋里跑了出来。她看到这惨无人道的一幕，立马怒火中烧便顺手抄起大门后边的一把铁抓钩，冲着狼狗猛砸过去。这三齿的大铁抓钩不偏不倚正好砸在狼狗的头上，那狼狗嗷嗷急叫几声，跑了几步就在地下打了个滚，四条腿一蹬，满嘴流着血死了。

在场的鬼子看到这一幕全都惊呆了。

只有天贵奶奶快步跑到婆婆身边，大声哭喊着：

“娘！娘！你醒醒啊……”

几个日本鬼子缓过神来，一起把枪口对准两位老人连射数枪。村里没来得及撤离的乡亲，拿着叉子、扫把、镰刀一起围了上来，鬼子毫无人性地向人群射击。

鬼子在一片哭喊声、叫骂声中放火烧了黄河阿胶厂。又到曹家院里挖地三尺寻找金锅、银铲、铜马勺，最后一无所获。他们恼羞成怒，放了把火把两个院子也都烧了。院子里的木材、草垛随着寒冷的西北风燃烧飘散，曹庄的大半个庄子被这场火烧掉了。

事后有人怀疑是张家作坊的少东家张敢峰把曹家能做成九朝贡胶，可能有口金锅的事，告诉了他当汉奸的把兄弟。这个丧尽天良的狗东西带着日本鬼子突袭了曹庄，这次日本人就是冲着黄河阿胶厂来的，冲着金锅、银铲、铜马勺来的。

第三节　锥心之痛

当庄上报信的人在山里找到曹家的人时，已经是第三天了。

阿娇听说家里出事的消息后，首先想到可能是爹出事了。自从附近几个县发生霍乱以来，他就到处奔忙，也给别的县上庄上的孩子大人治病，去救助无辜的父老乡亲。他出行无常，只要有人找，随叫随到，有时不叫也到。逃难前的十多天，阿娇就找不到他的人影了。

她反复问报信的人说：

“出了啥事呢？您言语一声，您快说，要不急死个人哪。”

报信的人只说：

“是作坊出了事。”别的，再怎么问来人都不肯说了。

阿娇就对公公婆婆说：

“你们在后边慢点走，我快点赶回家看看去。”

说完她撒开自己的两只大脚，快步如飞往家里跑。只跑得上气不接下气，一口气跑过了平阴，终于从黄河上的浮船上跑了过去。离家更近了，她把报信的人落得已看不见踪影。

已经跑得筋疲力尽，阿娇还是在边喘着粗气边拼命地跑。她现在脑袋开始一阵阵发蒙，心里也在不断地嘀咕，能出什么事呢？来人含糊不说更增加了她的焦虑不安。

还没到村头，首先进入她视线的是，她用泪、用血、用汗水、用心盖起的阿胶厂，此刻已经是黑乎乎的一片。

寒风吹起的黑灰裹着烧焦的皮子味，很远、很远就能闻到了。

她开始放声大哭：

“我的作坊啊！”

她走近作坊准备进院看时，忽然看到地上的席子盖着人，她一下跌倒在地，哭着喊着连滚带爬地去揭开席子。阿娇突然停止了哭泣，看到奶奶和老奶奶头发竖立，怒目圆睁，血染在破烂不堪的棉袄棉裤上成了铁色，地上也满是干涸的血迹。

阿娇扑过去，一会儿去抱奶奶一会儿抱老奶奶。

大声喊着：

“奶奶，老奶奶啊，是我对不住你们，让你们遭了这么大苦难。”她跪在地上捶着地哭，坐在地上拍着自己哭，趴在地上弓着身子哭，阿娇只哭得浑身像筛糠。

在场乡亲无不掉泪，婶子大娘都围过来劝阿娇说：

“傻孩子，人死是不能复生的，当心你的身子骨儿，这个家还得靠你呢……”

大家七嘴八舌地劝说阿娇，这时有人端来了开水，有人拿来了衣被披在阿娇身上。

邻居左大娘说：

“乖孩子，咱们村出事的也不是你们一家，这年头这苦日子咱老百姓只能受着，熬着。”

说着说着，就听远处有人喊：

“来了，来了！”

阿娇从地上爬起来，看到公公和婆婆也跌跌撞撞地过来了，曹大福走近只看了一眼自己的娘和奶奶，就哇的一声一口鲜血从嘴里鼻子里喷出去，扑通一声倒在地上。

大家一下围了上来，有的掐人中，有的捋胳膊，有的捋腿，有的拿个擀面杖敲着簸箕大声喊：

“大福家来来！大福家来来！”

喊的声音凄厉可怕，阿娇和姚氏全都像吓傻了一样……几个时辰过去了，曹大福的脉搏从微弱到全无……

阿娇和姚氏哭得几近昏迷，被搀扶到附近邻居家里。

看着这并排躺着的三具尸体，庄上的人都唏嘘不已。大家商量着要赶快让死者入土为安。邻居们已轮流看了好几天了，大家都很乏累。特别是一到晚上，成群的野狗眼里冒着绿光，直往这里扑。

天贵的娘这些日子都是哭一阵儿，迷糊一阵儿。大家只能和阿娇商量，如何办理三位老人的后事……

阿娇呜咽着说：

“还是得让三位老人家从俺家里体面地走出去。”

当阿娇说到家时，在场的邻居谁也没敢对阿娇说老院也基本被烧成瓦砾一片。

庄上的李兴成大爷，逃难一回来马上就赶了过来。平时庄上的大事小情大家都与他商量。

他劝阿娇说：

“孩子你不能老哭，这年头遭难的也不是一家两家，咱庄一半的人家屋子被烧了，全家遇难的也有，明儿个用你们林上的成材树，去棺材铺换三口好棺材来，让三位老人入土为安吧。这兵荒马乱的还不知道再生出什么事来。”

阿娇听了李大爷一席话顿时脑子开始清醒起来，心想自己就是现在死了又有啥用，还有婆婆，还有自己爹，现在还不知道爹的任何消息，还有天贵也不知现在在哪里。她立马给李大爷双膝跪下，擦了两把泪说：

“大爷我听您的，这仇俺永世不忘，刚才婶子大娘都跟俺说了，俺奶奶死得刚烈，还打死了他们的狗杂种，俺老奶奶是不让他们糟蹋作坊惹火了这帮没心肝的东西。他们对老人都能下这样的毒手，他们还有什么做不出来的，他们个个都会不得好死！我现在必须得回老院里去看看，我老奶奶的棺材早就准备好了，在老院里放着呢。”

阿娇说完就往家走，曹家那庄上最好的房子、最好的院子也已经变成黑乎乎的一片，被烧掉的院子在晚上显得更黑。阿娇看到了被烧掉的堂屋当门外两旁的一棵钢石榴树和一棵火石榴树，虽然都被火舌舔过，枝条仍在寒风中舞动，好像在向它的主人哭诉这场惨无人道的劫难，但树身依然在寒风中岿然不动。

阿娇长长出了一口气，看到天上的星星像人的明亮的眼睛，一眨一眨的，好像在告诉自己，要活下去，金锅还在，困难总会过去，也一定要把阿胶做下去。

第四节 一棺难求

在日本鬼子突然袭击曹庄后，每家都遭遇到了不同程度的苦难和不幸，但曹庄的老少爷们儿、婶子大娘们，对阿娇家遇到的灾难还是格外关心的。大家纷纷从家里拿来七长八短的木头搭起一个临时的孝棚，在地上铺上麦秸、豆秸，把三位死者一溜排开，安放在席子上。活着的人看了无不掉泪，阿娇更是哭得拉都拉不起来。

李兴成大爷说：

“孩子，光哭也不是办法，要让老人入土为安，要尽快买三口棺材。”

阿娇边哭边说：

“俺老奶奶原来是有一口早就准备好的柏木棺材，让这些畜生烧得只剩一个底，没法用了，到哪里还能买到我老奶奶喜欢的这种棺材啊！”

大家七嘴八舌地说，这年头不能再说这个，薄板的棺材都难买。

阿娇跪在李兴成面前说：

“李大爷，俺家的事就靠您做主了，俺爹他也不回来，我一个妇道人家没遇到过这样的事，该怎么办，我听你们的。”

李兴成派了一拨又一拨的人去买棺材，回来的几拨人都空手而回，作难地说：

“这年头就数棺材铺的忙，拿钱也得等。”

“原先一口棺材要二十块大洋，现在涨到了一口棺材四五十块大洋了，还只要现钱。”

阿娇听后，边哭边说：

“我就是给人家当老妈子，当牛做马也不能让土砸了三位老人的脸。”

一个邻居大哥不得不实话实说：

“蒋家棺材铺的老板说了，只有阿娇亲自去了才好商量……”

阿娇抹了一把眼泪说：

“我去！”

李兴成大爷对阿娇说：

“蒋老板，叫蒋兴太，他媳妇难产死了，撇下 4 个不大点的孩子，逃难的时候还鼻涕一把泪一把地让我给他找个好人，续了弦好照顾几个孩子。实在不行找个好人家，把满月的小孩子送人。娇儿，大爷明儿个一早，陪你去和他商量商量。”

第五节　跪求棺木

下了一夜的鹅毛大雪，天和地连在了一起。灰蒙蒙的天地里分不出东南西北，村庄似乎被埋在雪里。如果不是一两家冒着炊烟，根本就看不出哪是路和村庄。

李大爷和阿娇每人拄着一根棍子，在没过小腿的雪地里艰难地走着。阿娇身穿重孝，满身白粗布的裤褂裹在棉袄棉裤的外边，腰里扎着一把七长八短的乱麻，头上戴着的孝帽上落满了雪，白布粗针大线地缝在黑棉鞋上。李大爷戴着个黑破毡帽，穿一身黑棉衣裤，两个人走在这平原大地漫天的大雪里，远看就像一黑一白两个移动的围棋子。七里多的路在平时也就是两袋烟的工夫，可这大雪天他们走了小半天才到了棺材铺蒋兴太的家里。

阿娇一见蒋兴太，扑通一声跪在了他的面前，流着泪说："蒋老板，我也知道您有您的难处，求您了，我想让三位老人早点下葬。”

蒋兴太四十多岁，个头不高，扁脸大嘴，在脏兮兮的黑棉袄靠腰的下边扎着个黑布战带，胸襟开着的怀里揣着个裹着破布的孩子，鼻涕唧当地说：

“黄老板您快起来，我早就认识您，您的阿胶做得好啊，您先烤把火吧，您这样跪着我受用不起。我老婆还是吃了你爹黄老先生配的阿胶熬的膏方，才怀上我家老大的。我现在也是没法子，这不四五个伙计都在没黑没白地忙活，孩子他娘走了，我这既当爹又当娘，孩子怕生不跟别人。这是小三儿，小四儿还躺在床上呢。家里请来帮带孩子的奶娘像走马灯似的……”

阿娇过去就听说过，这个蒋兴太是从天津卫逃荒来的，在东阿无亲无故，开始做点小买卖，后来开了棺材铺，最近几年生意特别兴隆，没想到他老婆这么年轻说没就没了，还撇下几个嗷嗷待哺的孩子。

唉，这年头儿真是人人都有难处。

阿娇边流泪边悲痛地说：

“我这也是没法子，求您开个价，三口棺材要多少钱，我想让三位老人早点入土为安，等我爹一回来，卖房卖地也会把钱给您送过来。”

阿娇坐在锯末燃起的火堆旁，低着头心想，你既然说我爹给你媳妇治好了病，我家现在遇到难处，你得帮这个忙。不说个囫囵话我今天就不走了，她也不知道李大爷和姓蒋的什么时候离开去商量的。

只听李大爷说：

“孩子，蒋老板答应今天他们赶一夜，明天下午用拖车把三口棺材送过去，咱们这就回吧。”

阿娇喜极而泣：

“蒋老板的大恩大德我终生不忘，我得给他磕个头去。”

李大爷说：

“孩子咱走吧，到路上我再跟你说……”

李大爷边说边拉着阿娇，从蒋家门里走出来，脸色难看，愧疚地说：

“孩子，我做主答应了蒋老板，老人入土过了五七，你就过门到蒋家来，蒋兴太说，如果你愿意，他可以出钱让你继续办个阿胶厂。孩子你千万别埋怨我啊！我也是没法子，现在一口棺材涨到五十块大洋，你家被烧得啥也没了，你的小女婿出去七八年了，连一点音信也没有，你也需要再寻个人家……现在曹家就剩下你和你婆婆了，都成了人吃人的年头了，也顾不了那么多。有什么事我担着，先过去这个坎再说吧……”

阿娇听了这些话，一下明白了蒋兴太非让她亲自来的用意，这么痛快地答应给三口棺材连价钱也不说，原来是想让自己给他做填房。阿娇的委屈难受一起涌上心头，恨不得一死了之。她真想一头撞死在路边，或找地缝钻进去。

西北风伴着她委屈的泪水刮在她脸上，像锋利的刀子在肆意划割着她的肉。刺骨的寒风刮在身上，穿透衣服穿过皮肉，像乱鞭抽在身上打在心里。几天来连饿加累、加气，阿娇一下晕倒在了雪地上。

李大爷也急了，想着曹家无论如何不能再出事了。求了几个乡亲帮忙，这才终于把阿娇抬回邻居家里。

为了早点让死去的亲人入土，乡亲们扒开大雪用火烤化大地，终于挖好了墓穴。天贵的老奶奶和奶奶分别和早年死去的老伴合葬，在曹家坟地上又多出了曹大福的新坟头。

阿娇把三位老人送到南北坑的当天，她的父亲黄郎中也回来了。叫花子一般的黄郎中，究竟治好了多少人的病，救了多少人的命，他自己也说不清楚。当回家看到曹家遭到如此不幸，他一时间哽咽而语塞。看着瘦得脱了形的女儿，黄郎中一下子就蹲在地上抱头失声痛哭起来。

这个近七旬的老人在回来的路上，心里还庆幸寒冷的冬天使日本鬼子的细菌战不战自败，自己终于可以回到家里了。可怎么也没想到女儿全家在这寒冷的冬天，却遭了日本鬼子如此灭绝人性的烧杀抢掠。

他让亲家母和他的阿娇回到他的家里去住，阿娇却坚决不同意，说是老人尸骨未寒，无论如何也要在家守着这个丧期。乡亲们帮忙在烧掉的屋茬上又架了些木头和柴草，这就成了阿娇和婆婆暂时的栖身之地。阿娇要守住这个院子，她要在这里孝敬婆母，给她养老送终。她坚信能等着她的小女婿曹天贵回来。她憧憬着将来还能用埋在石榴树下的金锅，再次炼出最好的阿胶来。

阿娇跪在父亲面前说：

“达达，我打小您就教我‘人要实，磨要虚，咱们做药做胶的人不能说瞎话’。李大爷答应过五七后（老人过世一七是七天，五七是三十五天）俺改嫁到蒋家，蒋家才送来三口棺材，三位老人才能入土为安。俺不嫁过去等于李大爷说瞎话诓了人家的棺材，俺这一辈子都对不起李大爷，李大爷的情义我会永生不忘。可就是让俺死了也不能改嫁啊，现在家里无粮无钱，可以把金锅送蒋家……”

黄郎中看到左右无人说：

“锅还在啊？”

阿娇说：

“这多亏了老奶奶……当时老奶奶说：金子不能埋在没有遮挡物的平地上。说以前有个财主把金条埋在院子里，几里地之外一到黑天就能看见通红一片，像着火一样。到了跟前就啥也看不到了，这金子最后还是被贼人挖去了。老奶奶要我一定要把金锅埋在石榴树底下，我们当时切断了一些树根，又在树下边掏了深洞……是老奶奶的计谋才让金锅躲过了这场大难。这锅本来就是身外之物，给姓蒋的抵棺材吧。如果人家还不答应，我可以帮他养两个孩子，也可以帮他全家拆洗缝补，做老妈子。”

姚氏听了又哭了起来，黄郎中也是哽咽着听完了黄阿娇的一番话。黄郎中站起身来，跺了跺脚说：“孩子，我就是豁出去这条老命，也不能让你受委屈走改嫁这条路。”

第七章　坎坷的幸福

第一节　巧用阿胶

眼看曹家丧事的五七快要到了，蒋家那边也没有任何动静，阿娇心里一直忐忑不安，她想到了做一个贞洁烈女的各种死法。

正在阿娇痛苦不堪时，李大爷跑来告诉阿娇和她婆婆："齐老东家在济南听说了阿娇家作坊出事，直接让二女儿齐红云亲自把一百五十块大洋送给了蒋兴太，并严厉地警告他，山东的风俗是不能娶'活汉妻'。现在曹天贵生死不明，娶'活汉妻'的人会下地狱……"

街坊邻居知道了也纷纷这样说。就连棺材铺的伙计也告诉蒋老板，娶了"活汉妻"到了阴曹地府里是要被阎王挖心掏肝的。蒋老板就此彻底打消了让阿娇当填房的念头。

街坊邻居也都夸齐掌柜为人仗义。这时几家有远有近的阿胶作坊也托人捎话来，让阿娇去他们作坊帮工拿工钱。阿娇也回了话，说是现在重孝在身不便出门。

阿娇对齐家的大恩大德和蒋家的过事不究的大度，一辈子心存感激，阿娇发誓对齐家蒋家的大恩大德一定后报。

阿娇虽然时不时地有父亲接济，但这年头儿家家都穷得叮当响，阿娇和婆婆依然靠吃糠咽菜啃树皮度日。阿娇卖棉纺布补贴家用，只要有点好吃的粮食，阿娇总是留给婆婆吃。

那些年由于战乱，老百姓经常“逃反”，再加上贫穷和饥饿，很多妇女得了绝经症和不孕症。阿娇针对女人们患的这种疑难杂症，就用阿胶配上各种药，帮她们治疗，如月经量过少的患者，她就用阿胶炖羊肉，再配些枸杞子，一起炖汤后连喝半个月左右，对行经期暂停，月经量少久治不愈，并伴有头晕眼花、面色微黄的症状效果都非常显著。

阿娇还和她父亲共同研究了好几个能解决妇女不孕的好偏方。首先以阿胶补血。阿娇认为女人应以养血为主，求子之道，首先要调经。对于月经失调，她用阿胶加水炖化后加入适量的冰糖，蒸一个小时，分三四次食用；对血虚而月经不调，经量多，色淡者，用阿胶炒黄或炒焦碾成末，每次用黄酒送服；如月经过多，并伴有血块，下腹胀痛，阿娇认为是瘀滞造成的，她一般要配上合蒲黄；对于腰酸腹痛，疲倦喜卧，口干，再配上艾叶煎汤一起服用。这些药方疗效奇好。一时阿娇父女的小药铺门庭若市，阿娇有空就帮各家作坊用她独有的工艺技法熬胶，曹庄作坊的胶一时也卖得非常好。

阿娇在十里八乡名声大振，经过她调治的不孕的妇女无数。如怀了孕，临产时都要把阿娇请到身边。由于阿娇胆大心细，一来二去谁家生孩子她倒成了最好的接生婆。谁家给个鸡蛋、给个白面馍，阿娇都拿回去给婆婆和父亲吃。看到别人家白白胖胖的孩子，阿娇想当娘的心也被激起涟漪。

第二节　幸福像花儿

冬去春来。

阿娇用了几年的时间，终于脱出了上万块的土坯，盖起了三间坐北朝南的大房子。

阿娇脱坯完全像她做阿胶一样讲究技法工艺。她没找任何人帮忙，也不怕外人笑话，像男人一样光着一双大脚，把已经和好的泥再用脚反复踩得像面团一样柔和，然后才开始一丝不苟地一块一块地脱坯。

一开始，阿娇脱坯引起了村里不少人围观，因为她每年都要趁春天和秋天天气好的时候开始脱，时间一长大家也就不围看了。有时婆婆、娘家爹也给她搭把手，送个水什么的。

为了坯的质量好，阿娇除在泥里掺些麦秸外还掺些剪断的乱麻。她把泥放在坯模中，攥着拳头把四个角的泥摝得结结实实，用水把上面抹平再把模子一提，一个长方形的土坯就做好了。块块土坯，像硕大的阿胶块。翻晒，码垛，她都干得利利索索。

村里老人们见了阿娇的大坯垛子，总是劝她说：

“阿娇，这么多的坯，盖两栋房子也用不了啊！可真是的，脱坯打墙活见阎王，让一个女人干的这是啥活啊！”

阿娇听了这些关心中带着怜悯的话，总是笑笑算是回答。

阿娇盖房子修院墙，全是自己画了图，请的是外村的几拨互不搭界的工匠，垒墙时用草篱笆圈起来不让外人进去看。垒的墙全是夹皮墙，墙与墙中间空的地方可供一个人行走，宽的地方能睡几个人。阿娇有她的长久打算，将来要熬上好的阿胶，这夹皮墙就能派上用场。

总算有了自己的房子，阿娇的婆婆第一次咧开没牙的嘴笑了。这也是姚氏五年来第一次笑，可是一旦说到天贵，就又开始抹眼泪……

阿娇说：

“娘啊！这不是挺好的了，鬼子也被打走了，咱的日子也好过了，今年咱家收的麦子，全年保准都能有白馍馍吃。假如还乡团再来，咱带着吃喝躲到夹皮墙里去住。”经阿娇这么一说，婆婆心里才有了着落。

阴历的五月，天气格外好，蓝蓝的天空飘着朵朵白云，收完小麦的地里，开着各种粉色、黄色的小野花。庄稼人的麦子大部分都收割完了，堆在场里进行晾晒，等待麦穗麦秆全干了好打场。

阿娇动作麻利，借了别人家的毛驴和碌子，趁着有风天，把打完的麦子开始扬场。看着粒粒饱满的小麦，阿娇早把苦累忘得一干二净，每扬一锨就喊一句好风啊，阿娇的父亲和婆婆坐在柳树底下，喝着茶、聊着天。父亲和婆婆看着阿娇像男人一样地干着重体力活儿，由衷地心疼。

黄郎中打趣地说：

“这个家也亏了俺闺女有这双大脚。”

村里有些眼尖的孩子大声喊：

“看，八路军又回来了！”

阿娇家新盖的房子离打麦场不远，临近路边。

循着孩子们的喊声望去，阿娇也看到了两个穿军服的人，都骑着枣红色大马，从东南方向直奔村里而来。

这庄子经常有八路军的队伍路过，大家已经习以为常，见到八路军格外亲切。只见两个骑马的人还没到村口，就都下了马，两个人一高一矮。

他们牵着马先围着阿娇的院子转了两圈，这时有几个孩子紧跟在他们身后，有胆子大的就问：

“你们是找乡公所吗？”

高个儿的军人问道：

“这家人家是姓曹吗？”

孩子们说：“他们家的人都在打麦场上呢。”

这时阿娇拄着木锨也远远地看着这两个人，心里七上八下，也没敢惊动树下乘凉的、低头说话的两位老人。

他们究竟是干什么的呀？阿娇正在猜想中，一帮孩子拥着两个牵着马的军人来到了打麦场，阿娇清楚地看到那个高个儿军人黑红的脸膛儿、高挺的鼻子、端正的嘴巴、明亮的黑眸子、宽宽的肩膀，扎着武装腰带并带着盒子枪、打着绑腿的脚上穿着一双破旧的黑布鞋。阿娇的心像被一双无形的手捏得紧紧的，一时喘不过气来……

这不就是分别了十二年，生死不明的，她朝思暮想的小女婿曹天贵吗？

第三节　游子归来

天贵的娘抱着天贵，一边儿一声肉一声地大哭，一边照着跪在面前的这个不孝子，劈头盖脸地又掐又打。她似在梦里。连做梦也没想到，儿子有一天还能回到她的身边。

天贵娘哭着数落：

“儿啊！你知道咱家这十多年是怎么过来的吗，娘要不是有你这个不孝的孩子做念想，娘的这把老骨头也早变成灰了。你这官饭都吃了什么呀？怎么长这么高！这么大个儿的啊！”

当娘的语无伦次，一时间太多话不知从何说起。

随着天贵娘高高低低的哭声，村里人从四面八方围了过来，把这娘儿俩围得里三层外三层的。有看热闹的，有拉着手劝的，也有陪着流泪啧啧慨叹的。

阿娇站在一旁只是一边暗自抹泪，一边心想，她想过一千回一万回见天贵的场面，就是没有想到再见到时这个小女婿会长得这么一表人才，就这么风风光光地回来了，还是这么个相见方式。自己多像戏里独守寒窑十八年的王宝钏啊！曹天贵又多像当年征西的薛平贵啊！

天贵娘渐渐停止了哭声，用上衣的大襟擦擦眼泪，指着在一旁的黄郎中说：

“你还没叫你黄大爷呢，还有你媳妇。”

天贵娘一边说一边在人群中寻找着阿娇。

天贵来到黄郎中身前，给黄郎中郑重地磕了个响头。抬起头看到抹着眼泪扶着岳父的女子时，心里不由咯噔一下，脸也红热起来，他知道这就是他不辞而别的媳妇阿娇姐。

只见阿娇头上包了一块带蓝道道的白毛巾，纵横交错的汗水、泪水，挂满她那红黑的脸膛儿。阿娇穿着一件前后都有补丁的蓝粗布大襟的旧褂子，裤子上、鞋上沾满了麦糠。曹天贵还是凭阿娇那双闪烁有神的大眼睛认出了阿娇。

他走到阿娇身边轻轻地叫了声：

“阿娇姐，这些年苦了你了。”

事后庄上的人对曹天贵叫阿娇姐的事儿议论了好一阵。

阿娇这十二年的日思夜盼，被这声真切的“阿娇姐”，弄得瞬间心潮澎湃。所有的委屈、苦难在此刻都是值得的。

阿娇让天贵招呼同来的战友，自己搀扶着婆婆和爹爹：“咱们回家里说话吧。”

又交代要好的邻居，帮助照看场上的麦子和两匹大军马。

阿娇到家后才知道陪天贵来的年轻人姓王，是天贵的警卫员。天贵跟家里人说，小王吃了饭，还要带着马赶回部队去，部队驻在阳谷县附近的大迷魂镇。部队的首长跟他说：如果他回到庄上能找到家里人，可以给三天假，但小王今天要带马回来。三天后小王再带着马去接他，如果找不到家里人了马上回部队。

黄郎中还有庄上的几家走得近的老人都过来陪着说话。天贵说到表哥姚远，说他是在一次与日本鬼子打仗时壮烈牺牲的，大家都哭得泣不成声。天贵娘哭个不止，这是她娘家最出息的侄儿。

邻居李大娘说：

“今天，天贵能回来，是你们家的大喜事，也是咱们庄上的大喜事，可别再哭了，再哭就不好了。你看街坊邻居们都给你们家送菜来了。”

听李大娘这么一说，全家人才开始张罗着赶快做饭。

邻居有送鸡蛋的，有送腊肉的，还有送神仙的（一种用盐水泡的知了的蛹——季鸟猴，是山东鲁西地区的传统美食）。

阿娇很快烙了一筐白面烙饼，还用白面蒸了一盆扫帚菜，已用蒜和香油拌好，又炒了一大盘鸡蛋，煎了腊肉和神仙（季鸟猴）。煎炸的都冒着油。大家一看阿娇把饭菜端上了桌，都不顾挽留地离开了曹家。庄上的老邻居们理解，这十二年啊，曹家出了多少事，该有多少话要说。

吃完饭，警卫员小王动身返回部队。曹天贵又一次问起，家是怎么被烧的，爹、奶奶和老奶奶是怎么死的，在阿娇仔细地给天贵讲述三位老人惨死的经过时，全家人又一起哭了起来。

哭一阵儿，说一阵儿。天已三更。

第四节 夫妻情真

阿娇趁天贵和婆婆聊家常的空当，搀扶着她爹，将老人送回到娘家，也顺便将存放在她爹那里的给曹天贵做的大大小小的十二双布鞋全都取了回来。

她回到家里，看到曹天贵还坐在他娘的床前说话，天贵娘说，鸡都叫过三遍了，你俩也该去歇着了，她把“你俩”这两个字，吐得很重。

曹天贵跟着阿娇经过堂屋当门到了西间。阿娇快走几步把西间里的豆油灯点着，拨了拨油捻儿对天贵说：

“锅里还有点温水，我给你打来洗个脚吧。”

阿娇说完就去外间屋拿盆打水，曹天贵这才仔细打量着这个十分陌生的房间，西间里除一张不大的床外，还有个非常简陋的衣服橱子，再有就是放着油灯的桌子和板凳。他想到从前家里的大院子、大房子……想到阿娇这十几年过的苦日子，眼泪又一次夺眶而出。

阿娇边催曹天贵快洗脚，边把蓝花布包袱打开说：

“这是自你走后，我估摸着给你做的鞋，洗完脚找一双合适的穿上吧。”

十二双鞋，在床上摆了一大溜。

天贵边洗脚边想，我正好出去十二年，她这是每年都给我做一双啊。

鞋有小有大，阿娇看着天贵红着眼睛，先是默默无语，然后又笑着说：

“那年家被日本人烧的前几天，我娘家邻居三嫂要照着鞋估摸个鞋样，我就把先前做的这些鞋全都放在了我爹那儿，要不这些鞋也早就没了。不管村里人说啥，我还是每年过年都给你做一双新鞋。”

说完阿娇低下头，眼里流下两行晶莹的泪水。天贵赶紧擦完脚，攥紧阿娇像锉一样的手问：

“村里人都说啥了？”

阿娇哽咽地说：

“先前大家都传说你死了，后来又说你在外面有人了。”

天贵说：

“我能活着回来，还能见着娘、见着你，我已经很知足了。姚远哥哥就死在我的怀里，他在一次打仗中受了重伤，无粮无药，高烧不退，我眼睁睁地看他死去。我当时就要疯了，只有拼命地杀敌为咱哥报仇。”

阿娇突然放开天贵的手说：

“让我看看你身上有没有落下伤疤。”

阿娇哭着摸着天贵身上留下的一道道伤疤。天贵也紧紧地抱住他的大媳妇阿娇，两个人相拥而泣，泪水中有苦涩也有幸福……

两人就这样在婚后十二载的夜晚，第一次成为真正意义上的夫妻。

第二天阿娇陪天贵给奶奶、老奶奶和天贵他爹上了坟，当天贵看到曹植墓依旧完好，曹家世代的藏书毫发无损时，他激动得又一次拥抱亲吻了他的阿娇姐。

三天时间很快到了，阿娇如幻如梦一般。她知道天贵是部队的人，他这次回来就是为了打一场大仗而做准备。天贵一再说：

“等全国解放了，我就回来，到时候咱们家办个大的阿胶厂，用你的技术熬最好的胶。”

他用这话安慰着阿娇，也在给自己鼓劲。

返回部队前的道别，全村的人都看到，曹天贵带着阿娇给他做的一大包鞋，和警卫员小王一起骑着枣红大马离开了村子。

第五节　阿娇有喜

曹天贵走后一个多月，阿娇发现自己没有来月例，只凭从爹那里学来的医术和自己这几年诊治不孕妇女的经验，对自己怀孕有点半信半疑，便红着脸求爹为自己把了脉。

黄郎中把脉后，又看了阿娇的五官舌苔，肯定地说：

“闺女，脉象已出来，我要喝酒！我要放炮。”

当阿娇知道自己确实是怀上了孩子后，她跑回家把这一喜讯首先告诉了婆婆，婆婆高兴得合不上嘴，在祖宗牌位前又是烧香又是磕头，见人就笑呵呵。

黄郎中赶来曹家，叮嘱阿娇婆婆和阿娇，怀孕前三个月不能给外人透露一个字……天贵娘一会儿跑到曹植墓前烧香磕头，一会儿到曹家的林地里烧纸，告诉天贵的爹和祖宗们。

阿娇心里有数，知道自己身体好，自己由于常年鼓捣阿胶的缘故，基本上没有太大的孕期反应。

县里、村里的地下党组织自从知道了曹天贵是八路军以后，就组织村里的年轻人帮助阿娇在割完麦子的地里种上了豆子、高粱。

曹天贵离开家已经有四五十天了，阿娇依然没有收到来信。但阿娇已经习惯了他不在的日子，何况曹天贵走时说，没信来就是平安，他干的事不便与外面联系。后来阿娇才知道，天贵这么多年在队伍上干的是警卫团和特务营的工作，每天的工作地方都会有变动。他这次来就是为淮海战役做准备的，这是阿娇后来琢磨出来的。

尽管父亲和婆婆劝说不让她太劳累，阿娇却闲不住，依然挥汗如雨地锄完豆子锄高粱，种完萝卜种地瓜。每当她来到黄河岸边耕种时，总望着朝东而去、奔腾不息的黄河水出神。要做母亲总归是甜蜜和幸福的。有时心中也略带着不安，暗暗地想，要是黄河的水能给天贵捎个话多好，让这个从小不听话，又心怀大志的男人知道自己就要当爹了，他该多高兴啊……

那两晚幸福的点点滴滴，盖过了阿娇十二年的心酸苦难。自己的小女婿变成了一个铮铮铁骨的山东大汉，那种倚在他怀里的依靠感和幸福感，是这一生都未曾有过的踏实滋味。每当阿娇想起这些，心里的幸福就油然而生，对生活的艰辛更不以为然了。再说过了门没个孩子的媳妇，多少都是被婆婆家休了，为了能有个孩子，见庙就烧香，见佛就磕头。自己三十都过了还能这么快怀上孩子，得益于自己常年用阿胶配药、试药、行医。治好别人，也积了福报。

黄河岸边，高天流云。

阿娇以前从来没觉得，原来黄河水是这么美，天是这么蓝……她想如果是男孩就叫黄河娃，女孩就叫黄河妮，想到这里她不由得哑然失笑，这不成了跟自己一个姓了，这可是曹家千亩地里一棵独苗啊。

第八章　支前当模范

第一节　胶香四溢

村里的大人孩子都在解放区政府的组织下，忙着支前。

妇女忙着做被服军鞋，男人忙着推着小车送干粮和其他补给物资。一些身手利索被挑出来的青壮男人跟着部队在前线抬担架救伤员。

阿娇被分在军鞋组，阿娇做鞋又快又好，别人做十双，她能做十二双，别人交十二双她能交十五双。阿娇时常两眼熬得通红，婆婆心疼得要命，只能给她做点好吃的或做个鸡蛋茶什么的。

女干部们每每拿起阿娇做的军鞋，总是赞不绝口。夸奖说：“真不愧是咱队伍上的模范家属，鞋做得又结实又好。”阿娇也会不好意思地说：

“做的鞋，有时俺婆婆也帮着俺纳个底子帮子的啊！”

正在阿娇拖着笨重的身子赶做军鞋时，突然妇女会的刘琪主任找到她悄悄地说：

“县委书记听说你不但鞋做得好，还会熬胶，胶熬得都比别人的好，这十里八村可都知道啊！”

阿娇心想县委书记这么大的官怎么知道我会熬胶？便说：

“我以前熬胶，可是让鬼子一把火把作坊给烧了。”

“咱们队伍上好多伤病员需要补血补营养，你能不能再把阿胶厂办起来啊？”刘主任拉着阿娇的手细声慢语地说。

阿娇为难地说：

“再过两个月我就生了，要做一个胶厂需要年把时间的准备才行啊。”

刘主任说：“不怕的，我找人帮助你，尽快办起来，你在技术上给他们指点指点就行。”

第二天王瘸子在刘琪主任的陪同下来到阿娇家。王瘸子刚出现在阿娇家的门口，就把阿娇和婆婆惊得张着嘴说不出话了。

王瘸子却笑呵呵地说：

“没想到我还活着吧，我这么多年没过来，是因为你家里没有再做胶。我在其他地方也收胶，买卖中草药。比来比去还是你家的胶做得好。”

阿娇不接他的话只是叹息地说：

“村上的人都说你被鬼子活埋了……”

王瘸子笑着说：

“有你家的阿胶垫底，埋的土再多，也憋不死俺，土里暖和着呢，狗杂种们白天埋了我，晚上我就从土里钻出来了。”说着还往上伸着脖子，晃着两条胳膊做了个从土里钻出来的动作，逗得天贵娘边擦眼泪边拍打着王瘸子身上的泥土。王瘸子说：

“你家的事我后来也都知道些，跑了那么多地方就觉得你家的人实诚，胶也好。阿娇你把熬胶的作坊再办起来，我这几年也赚了点钱，你身子不方便，我来帮你筹办这个厂。”

阿娇听说再办阿胶厂，两眼里都放着光，但看到自己已经出了怀的肚子，还是不好意思地对他们说：

“等到明年再说行不？我家也得准备一下啊！”

王瘸子和刘主任相互看了一下，刘主任摸着阿娇的手说：

“咱们队伍上的伤病员由于失血多特别需要好胶啊！事不等人，就只能难为你了。”

阿娇婆婆拍着手说：

“好！好！别看俺老了，俺也能烧火、添柴的……”

儿子在部队，当娘的心里就想熬出好胶，就是给儿子出力了。

第二天王瘸子就带了几个年轻人，在阿娇家原先的旧场地上就开始围篱笆院墙，尽管他们说不让阿娇干活，但阿娇依然是挺着个大肚子跑前跑后。商定冬至那天从阿胶井里取水、点火，还要举行一个祭井取水的仪式。村里派了二十多个人，紧锣密鼓地筹办起来。阿娇和她爹、婆婆为新的阿胶厂，忙得团团转。

第二节　阿胶厂新生

这次由于有妇救会刘琪主任组织区里、村里的人帮忙，再加上王瘸子跑前跑后地张罗，使原本需要一两年才能办起来的阿胶作坊，仅用了不到三个月的时间就准备就绪了。张敢峰家的胶坊早在日本人投降后就仓皇关了门，张敢峰连夜带着家里人逃到了重庆，留下个远亲看家。妇救会和区里干部多次来张家胶坊做工作，由他家看胶坊的远亲做主把泡皮的缸、切皮的刀和存放的一些皮子贡献出来，也算是对在抗战时期张家犯下罪行的将功补过。这一下为新胶坊省了不少事，也提前了开工的日期。阿娇本来想着，给自己新厂起个时兴的名字，区领导认为还是叫黄河牌阿胶厂好。

阿娇决定，按老规矩在冬至这一天举行开工仪式，由自己带领伙计们焚香磕头从阿胶井取水。

阿娇说：

“在这一天点火开工，有着特别的意义，这也是纪念神医张仲景冬至舍药留下祛寒娇耳汤的日子。”

阿娇的建议得到父亲和婆婆的赞许，只是千叮咛万嘱咐要她千万小心。阿娇坚持冬至这一天开工，自是有她的道理。因为东阿的阿胶作坊几千年来都是坚持这个仪程，每个像样点的作坊，每年的冬至都要举行祭拜仪式。

可妇救会的人一开始不理解地说：

“现在咱们是解放区不能讲迷信，哪天开工不一样啊？”

阿娇却坚持说：

“冬至大如年，冬至阳气回来，过了冬至，白天一天比一天长，阳气回升，井水的清气也升起来，是节气轮回……也是一个吉利的日子……这一天我们开工就要做扁食（饺子），不光让我们的熬胶工友们在这一天能吃上扁食，还要让所有来的客人吃上猪肉萝卜馅的净面扁食。”

一听说要吃扁食大家就没有反对的了。

这么多人一起吃扁食，是件大事，阿娇拜托自己的娘家爹和婆婆提早准备着。

为了冬至那天的仪式，阿娇熬了好几个夜晚，赶做了一件大红绸子绣着牡丹花的大夹袄，一条黑小腿裤子和一双黑布绣花棉鞋。阿娇挺着个大肚子坚持亲自到阿胶井上取第一桶水……

1947 年冬至这天的午时，黄河边上的曹庄村头格外热闹。阿胶井前，阿娇挺着个圆滚滚的肚子，领着大家举行炼胶取水仪式。王瘸子当天是司仪。阿娇尽管外边套着个肥大的大红绸子夹袄，但她那八个月的身孕还是一览无余。

午时一到，阿娇庄重地跪在供桌前。桌上放着盛满清水的蓝边大碗，中间放着香炉，两边的碗里放着扁食，阿娇上了香，焚了表，祭了酒，然后叩头，接着就听到噼里啪啦的鞭炮声。曹庄和附近村里来看热闹的围得水泄不通，给这寒冷的冬天带来了些许暖意。阿娇在几个工友的搀扶下顺利地打出了第一桶水。

阿娇领着众人大声唱：

“黄河生时百姓生，清水生时恩情生。上天怜悯众苍生，阿胶最能显奇功。”

第三节　不幸中的万幸

阿娇的熬胶作坊办起来后，从前的几个伙计也都先后被找了回来。还有其他作坊的伙计也明里暗里托人捎话，要到阿娇的作坊里来干活。大家都知道阿娇心眼好，不但管吃饱饭，给工钱也公道。

有一天阿娇把所有的工友都叫齐，对着事前自己写好贴在墙上的制胶工艺流程给大家细细讲解：

“虽然王大叔（王瘸子）要胶急了点，但咱的熬胶工序一道也不能省。大家按分工先把带毛的驴皮放清凉水中浸泡，每日必须换水两次，要连泡六天，再把毛刮掉。刮去所有的毛后要用刀二次刮净，还要除去皮里面的肉和油脂，再把皮切成小块后用清水泡五天。之后将阿胶井的水和泡好的皮块放锅内加热，烧火熬制够三天，火不能大也不能小，等锅内胶变得稠厚时，用漏勺把皮捞出，继续加水熬制。如此反复五到六次，直到皮内胶汁全部熬尽再去渣。将稠厚胶液与各次所得胶汁一起放锅内用文火加温浓缩，在出胶前两个小时加入适量黄酒及冰糖熬成稠膏状，倒入涂有麻油的方盘内，冷却凝固后取出。切成一寸厚、六寸长的片，放在阴凉通风处阴干，才算做成咱们黄河牌阿胶成品。”

阿娇连说带示范用了大半天的时间，有的新工友听后直嘬牙花子，也有的发出唏嘘声。

阿娇选了一位姓窦的师傅当工头，并客气地对窦师傅说：

“窦师傅，这些工友都归您管，谁干哪道活由您指派，咱先把丑话说在前面，有胆敢偷工减料的就得走人。我身子不方便，王大叔和刘主任会时不时地来帮我照看着。”

站在一旁笑眯眯看着阿娇的王瘸子和刘琪主任，对这个能干的乡村妇女佩服得啧啧称赞。

王瘸子自豪地对妇救会刘琪主任说：

“能干吧？我推举的人包管错不了……”

工友们忙碌的身影，胶香四溢的作坊，阿娇一时间又沉迷于制胶中。阿娇把胶厂当成了家，大家怎么劝她也不肯回家，有时和衣躺在烧火的灶火旁。当第一批琥珀般的胶块被装入晾胶盒时，阿娇肚子里的孩子也仿佛为妈妈庆贺，有节奏地一动一动的，阿娇幸福的脸上，笑得跟花儿一样。

阿娇每天都要在架子中间穿行，帮着翻胶块观察产品的质量和变化，看到那一排排整齐的架子和摆放在晾胶盒里的阿胶时，心里真是比吃了蜜还甜。她想，也许这些胶能送到曹天贵他们部队里，受伤的战士吃了身体会很快恢复。天贵如果知道这胶是我做的该多高兴！她正在琢磨着，突然看到有一排架子倾斜下来，她下意识地用自己肩膀扛住倾斜的架子并大声地喊：

“快来人啊！”

等几位伙计快速跑来时，阿娇已经倒在了地上，几个架子和晾胶的盒子一起压在了阿娇的身上，阿娇的脸霎时变得黄白起来。大家七手八脚地把阿娇从倾倒的架子下抬出来，用门板抬着向黄郎中家跑去。此刻阿娇基本没有了意识，血顺着门板的缝滴答滴答地流着。

第四节　县委女书记

当县委齐书记听说阿娇的事后，急急忙忙赶到刚刚成立的县人民医院，带着妇科大夫和警卫员快马加鞭地赶往曹庄。

齐红云书记当年和哥哥瞒着家人去参加了革命，他们到上海经过简短的培训后，又到了冀鲁豫边区的组织部门工作。当组织知道她曾和家人在东阿生活过，便决定先派她来东阿县主持县里工作，从她到东阿那天起，她就一直想到曹庄来，一来看看曹庄的父老乡亲，二来看看当年的小阿娇现在是什么样了。

听父亲说阿娇嫁到曹家，一直在守活寡。好不容易办了阿胶作坊还被日本人一把火给烧了，婆家三位老人都遇了难，连棺材钱也是父亲让自己带着武工队直接送给蒋兴太的。

齐红云一直在边区工作，黄河两岸贫穷落后，新的政权开展工作特别艰难。土改工作千头万绪，各种事业百废待兴，忙得脚打后脑勺。再加当时政局不稳，时不时会冒出还乡团的残渣余孽。所以每当她跟武工队葛队长说想去曹庄看一个叫黄阿娇的人时，葛队长总是说，找个机会再说吧。

这次齐书记听说了阿娇的事，她找葛队长严厉地说：人命关天，我今天必须去一趟曹庄，她还是咱们军人家属，咱们必须做好后方的保障工作。她一再坚持要去曹庄，武工大队葛队长安排警卫说：

“不能让齐书记离开警卫的视线。”

第九章　苦乐相伴

第一节　阿娇早产

老百姓最讲究的，也是最常说的，孩子如果早产，七活八不活。也就是说女人怀孕若在第八个月小产，孩子是活不成的，如在第七个月早产，孩子反而能活下来。

阿娇在当时农村里又属于大龄初产妇，老百姓说年龄大了连骨头缝都难开。怎么就那么巧，阿娇就偏偏在八个月的最后几天出了这种事。

一时黄郎中家的院子里乱成了一锅粥。乡亲们都想过来帮忙，可人多了往往也是瞎添乱，插不上手只会在一旁说闲话。

这个说："阿娇啊可真叫一个命苦。"

那个说："这是寡妇熬儿，孩子是没指望了。大人能救活就得谢天谢地了。"

也有的说：

“这不成了鸡蛋垒墙——晃晃荡荡吗？”

天贵娘也只会哭，哭天哭地，早没了丁点儿主意。

黄郎中更是哭得肝肠寸断，他想到了阿娇的娘为生阿娇而命丧黄泉，想着苦命的女儿，真是百爪挠心。这时齐书记带着大夫和妇女主任一起赶了过来。齐书记像在指挥一场战役，有条不紊地安排大夫顶替接生婆上，一边安排人去烧开水，一边呵斥着让没事的人先回去，同时安排人准备好孩子的包被。

已经折腾了快一天，孩子是生了出来。可这个孩子出生就没有像别人家的孩子一样会哭。齐书记带来的妇产大夫一会儿推拿按摩，一会儿拎着婴儿的脚，头朝下猛打屁股……一通折腾，孩子终于像猫一样发出了声音。

天贵娘早早解开自己的上衣在一旁等着，大夫刚把孩子的脐带扎好，她就一把把孩子接过来紧紧揣在自己的怀里，肉贴肉放在胸前。把上衣的下襟裹紧，再用一个宽的布带扎上，誓要拼上老命保住这个孩子。

黄郎中看到命苦的阿娇一时间老泪纵横，顾不上难过，赶忙到院子杀掉自己为女儿精心饲养的乌鸡。鸡汤炖上，加了珍藏的老胶、枣、红糖，煮了一大罐子。

接生婆告诉浑身无力的阿娇说：

“孩子，放心吧，现在大人孩子都没事了，还是人家大医院的大夫行。你现在要趁热喝点汤，好恢复身子。”

阿娇这时才隐约看清，站在她面前的齐书记就是她日思夜想的云姑姑。

齐红云边安抚阿娇边劝她补汤水，阿娇一高兴，忍着痛就连喝了三大碗阿胶乌鸡红枣汤。在大夫精心的治疗下，出血的情况很快得到了缓解。黄郎中见了当了大官的齐红云高兴地直搓手，不知说什么好。

别看黄郎中是个土大夫，却有救过无数孩子的土办法。今天他把这些土法儿也用在了自己外孙子的身上。黄郎中用铜马勺为这个命悬一线的外孙子煮了一勺的黄连水，找了一根鹅的羽毛，铰开两头。黄郎中将黄连水含在自己嘴里，羽毛一头放在自己嘴里，另一头放在小人儿嘴边。这个小人儿开始不会吸，慢慢地他开始知道往嘴里抿，这就是天性吧。

一点一点地，小孩居然喝了小半酒盅的黄连水。连医院的大夫和齐书记看了这神奇的做法都惊讶不已。给小孩先后喂了三次黄连水，他们就开始往小孩嘴里喂米汤。后来小家伙饿了，也知道在天贵娘怀里乱拱。

贱名儿好养活。天贵娘给孩子起了个乳名叫狗剩。

天贵娘后来常给人说：

“那三天，狗剩就在我怀里吃，在我怀里拉，在我怀里尿。”

很多乡亲问道:“为啥给初生的孩子喝黄连水?”

天贵娘现学现卖地解释:

“喝黄连水是为了让孩子把从大人身上挟带的毒气全部拉出来。别看是刚下生的孩子，可拉的屎是黑绿的，又黏又臭。”

三天后阿娇有了奶。搂着自己来之不易的孩子，也是肉贴肉地搂在怀里躺了十多天。怀抱——可能是天底下最好的天然的保温箱。

狗剩生于阴历一九四七年腊月二十八，属猪。前一年才是狗年。

奶奶说:

“他是狗年剩下的。他全身没有四两肉，狗都不稀罕吃。”

全村人很快就把这个乳名叫开了。 庄上的人都说这孩子命大:

“生在二十八，跨着骡子骑着马!”

那时候人们讲究男占“三个八”。所谓的“三个八”是指初八，十八，二十八。

黄阿娇一生念念不忘的是，齐家老爷子帮她还了棺材钱救了她一命，齐书记又带着神医救了她娘儿俩的命，这种大恩大德她今生难报。

第二节　给自己开药

阿娇产后腹中一直撕撕拉拉地疼，引得后背也疼。孩子瘦弱不堪，自己一着急就没了奶水。阿娇看着瘦弱的孩子饿得只会像小猫一样哭，心里更是着急得火上房。开始奶水就不多，由于阿娇的焦虑，奶水就更少了。阿娇想，是自己年龄大生产，又不是正常的瓜熟蒂落才导致这样。云姑姑说得有道理，是应该先治好自己的病再治没奶的毛病。

她根据古书上的方子和父亲一起研究了孙思邈的《千金翼方》。这个古方是由当归、桂圆、甘草、芍药、生姜、大枣、地黄再配阿胶，用一斗水煮得最后只剩三碗，一天全部喝完。黄郎中东拼西凑配齐材料，阿娇连喝了三天，肚子疼痛的毛病明显见好，后来真的彻底好了。

婆婆看着阿娇皱着眉头，恨病吃药的样子，真是心疼，天天把孩子抱到自己床前。她不想让阿娇听到孩子因饿而啼哭不止，让阿娇更着急难过。阿娇为了下奶，用阿胶、枸杞、大枣、小米做成粥成天地吃。这些东西可都是左邻右舍淘着缸底凑来的。

阿娇后来回忆：

“最管用的是，俺爹杀了他养的最后一只乌鸡，将杀好收拾干净的鸽子放在乌鸡的肚里，将小小虫（麻雀）杀好收拾干净放在鸽子的肚里，把它们一起放入坛子里，加上两斤米酒，用文火煮开，再加上四两阿胶继续小火加热，直到肉骨分开，还不能用盐，然后将汤和肉一起吃掉。”

“就是吃完了这次的阿胶、麻雀、鸽子、乌鸡这个偏方，自己的奶水像泉涌一样来了，才使狗剩活了下来，并且长得很健壮。”

第三节　稀罕的老虎帽

俗话说有苗不愁长，又白又胖的狗剩在娘、奶奶和姥爷这三个人的怀里，转眼到了半岁。全村人谁见了都想抱抱这个怀胎八个月就出生的命大的孩子。

突然有一天村上的担架队回来了。担架队长李二虎回到庄上把担架往家一放快步往阿娇家跑，当时阿娇全家正在喝汤（晚饭），李二虎大声说：

“大娘，嫂子，我见到俺天贵哥啦！”

边说边从怀里拿出一个小老虎帽，接着又掏出了一张皱皱巴巴的烟盒纸：

“这帽子是天贵哥给孩子买的，这封信也是天贵哥给家写的……”

阿娇边招呼李二虎一起喝汤，边颤抖着双手接过那封烟盒纸的信件，又忙问在哪里见到的天贵。天贵娘也停下给孩子喂饭的手，要听个明白。

二虎说：

“部队打兖州时，我们担架队正好跟着他们部队，当他听说是东阿县的民兵担架队时，天贵哥就从战壕走过来问有没有东阿曹庄的人。我说我就是！我认得他，可他不认识我，我说了我爹的名字，他才信。我跟天贵哥说，这离咱们庄上也不远，也就走半天的路，你还不回家看俺大娘和俺阿娇嫂，阿娇嫂还给您添了个大胖儿呢！他听了，开始一愣，他身边几个和他一样当大官的，都和他一样腰里别着盒子枪的首长，跟他开玩笑说：都当爹了还不请大家吃糖、抽烟？ 他开始犯愣，接着高兴得直蹦高，一个劲儿地说：我当爹了，我当爹了！”

二虎喝了口糊糊儿，一抹嘴接着说：

“他们的队伍打下了兖州就马不停蹄地往南开拔了，开拔前天贵哥急急忙忙地找到俺，交给我这个皱皱巴巴的小纸条和这个小老虎帽，并说：等打完了仗就回家，让家里人放心……”

阿娇和婆婆喜极而泣，婆婆抚着阿娇说：

“俺的娇儿可算是盼出头儿来了！”

阿娇看着写在烟盒纸的背面的钢笔字，像写在她心里一般，紧紧握着，就像怕一阵风给吹走……

“快，快给娘念念！”婆婆急切地说。

“母亲大人、阿娇妻：见字如面。谅！战争吃紧暂不能回家。听说儿子降生，大喜。贤妻辛苦，母亲大人，待仗打完我即回家。孩子的名字，小名，最好叫他渡江。大名，就叫曹建国为好，恕儿不能忠孝两全……”

后来“狗剩”的另一个小名“渡江”没人叫起来，庄上的人依然叫他狗剩，庄上的老人说：

“我们庄子紧挨着黄河，要渡，也得渡黄河啊！渡的哪门子江啊。”

再后来庄上的小孩编了句顺口溜说：

“渡江、渡江，脚下流脓头上长疮。”

曹建国这个名是“狗剩”长大上学后才被叫响的。

“狗剩”长到好大，一说爹，他就指小老虎帽。到后来曹建国也是拿着这个小老虎帽到北京见到了曹天贵的。

第四节　婆媳闹不和

黄河阿胶厂还一直能够正常生产，产量虽不大，但大部分都卖给了部队。

用阿娇的话讲：这一家老的老小的小，多亏了王瘸子和县妇联的刘琪主任帮忙打理，也多亏了伙计们尽力。阿娇和刘琪常以姐妹相称，到了无话不说的程度。阿娇经常眼馋刘琪是政府的人，更是崇拜齐书记，她们说话办事有条有理，有头有尾。她还知道刘琪主任的男人也在县大队上，孩子留在农村老家。所以她和刘琪特别有话说。她对刘琪也是言听计从。

有一天刘琪突然找到阿娇。

“嫂子，如果按你们家现在的人口算，你们家有可能要划成地主成分。”

阿娇这时已知道地主可不是好名称。因为这几年到处都在斗地主分田地。因为天贵是当兵的，所以他们家虽然有些土地，但大部分是些不值钱的河滩地。

阿娇说：

“我们家怎么也不该划成地主啊！”

刘琪赶忙说：

“如果鱼山曹林算你们家的，可就不是一般的地主啦。”

阿娇接着说：

“鱼山也不长庄稼，只有一些树和几亩沙荒地。”

刘琪看着阿娇悄悄地说：

“听说墓地里埋了不少金银财宝和古文物啊。”

“我进曹家门也有十多年了，要是有金银财宝，也早就被土匪和日本人挖出去了。自从我进了曹家门，从来就没听说过墓地里有东西。”她故意把“从来”说得特别重，但心里却咚咚直跳，表面装着不在意。

刘琪主任表情严肃起来：

“你还是仔细想一下，早点交给政府管理好，也省得有个一差二错的。”

阿娇自从听了刘琪的话，心里一直犯嘀咕。她也日夜担心藏在山洞里的那些书已有十多年没有好好地晾晒了，若是坏了可是自己的罪过，她想还不如把这些祖上的东西交给政府管理。

没过两天齐书记亲自找阿娇谈话：

“现在都是新社会了，曹植的墓地和里面的一切文物都应归国家所有……”

齐书记对阿娇说，可先办个交接手续，公家帮着在墓地盖个博物馆，让更多的人来参观。阿娇看看左右没人说：

“我听姑姑的，但我得给俺婆婆说通了，天贵还在部队上，我自己做不了这个主啊。”

齐书记和区长看到阿娇有点说活动话，就接着说：

“这主要为你们家好，我们打听过了，你家男人是四野的，如果你们家被划成地主成分，在队伍上就要影响他的前程。”

阿娇对四野是干什么的也没有弄明白，只是说：

“他野惯了，十几岁就跑出去不回家，他野也不能影响他的前程……”

勉强答应回家要先跟婆婆商量后再说。

阿娇回家细声慢语地对婆婆说：

“咱家已被划成中农了，要把多余的地，分给没地的人去种。当前大家都一样，曹老爷的林地也要交给政府管理。”还没等阿娇说完，天贵娘突然一改往日从不大声说话的习惯，急赤白脸地说：

“这个家不能败在咱娘儿们手里，这林地是老祖宗留下的，谁也别想从曹家人手里拿走。等我眼睛一闭，你们爱怎么着我管不着，现在我还没闭眼睛，这是疯狗吃月亮。你这几年就爱和那个娘儿们瞎叽咕。不行！谁说也不行，我们家也不是没人了，我还有儿子、孙子。用不着外姓人来守坟！”

言外之意是说姓黄的不能当姓曹的家。但话又说回来啦，婆婆不也姓姚吗？家里只有一个男人姓曹，但他还穿着开裆裤呢！无论阿娇怎样赔小心说好话，把道理掰开了揉碎了讲，被邻居一直称为“好脾气”的天贵娘，不管阿娇说什么都不同意，最后，闹到了要寻死觅活的地步。

第五节 婆婆离家出走

阿娇说不通婆婆，请来亲朋好友劝也不行。任谁说，天贵娘就是不吐口。县里领导又一再找阿娇谈话，做她婆婆的思想工作。真是应了一句哲人的话，时代的一粒灰，落在个人头上就是一座大山。

平时老太太看孙子宝贝疙瘩似的，冷不得，热不得，渴不得，饿不得。但这次孩子她也不看了，往阿娇怀里一推，气呼呼地说：

“儿子都不中用，孙子有啥用！”

阿娇小心伺候着，赔着笑脸说：

“现在都是新社会了，把曹林交给县上管，比我们管得好。东西还是我们的，东昌府的傅家坟比曹林大，东西也比咱们的多，现在也交给政府了。”

阿娇掰开揉碎给婆婆讲了半夜，老太太来个徐庶进曹营——一言不发。

第二天一大早，阿娇给婆婆做了两个荷包蛋端到老太太的床头，好声说：

“娘，您今天先歇歇，我把狗剩送到我爹那里让他帮助看一天。您先吃口东西，今天阿胶厂还有点事，我去去就回。”

老太太干脆翻过身面对墙去，不理阿娇。

阿娇办完事惦记着，急忙赶回家里看看婆婆。

老远就看到大门敞开着，堂屋的门也没关，满院叫娘却没有应声，阿娇早上做的荷包蛋还原封不动地放在床头的柜子上，阿娇问了左右邻居都说没看见。

一个放羊的小孩说：

“看俺大奶奶去你们林上了……”

阿娇叫了几个厂里的工人一块去林上找，看到公公婆婆奶奶的坟前都有新烧过的纸灰。

跟阿娇一起来的一个年轻人说：

“会不会去曹林了？咱们分头去找吧。”

又对阿娇说：

“您在家等着大娘……”

阿娇急急忙忙往家赶，看到曹林大门的大钥匙没有动，还放在只有她们娘儿俩才知道的佛盒里。阿娇急坏了，如果婆婆出了啥事可怎么得了，心像猫抓一样难受。

齐书记让她们把曹林交给政府管理，完全是为了曹家为了天贵好，婆婆却不理解，她年龄大了转不过弯来，可她能去哪里呢？阿娇派人找了能找的地方，亲戚家都去了，还请人把井里和门口的坑里都打捞了一遍。

黄郎中在家里听说了亲家母出走的消息，抱着狗剩，也赶了过来，院子里挤满了人，有个好事儿的邻居请来了村里会相面算卦的老头，他手指头一掐说：

“老太太往西南去了，去找她儿子啦。”

这时也有人逗狗剩说：

“你奶奶会回来吗？”

狗剩吐字清楚地说：“奶奶会回来！”

老家讲究三岁的孩子说话准。

这时就听到外边有人喊：

“回来啦，回来啦！”

只见天贵娘骑着个毛驴，后边还跟着一个年轻人。

大家七嘴八舌地问：

“您这是去哪里了？全庄上的人都在到处找，大家都要急死了！”

天贵娘不紧不慢地说：

“我就是到黄河上去看看，现在黄河管得好着呢，修了三道防水大堤，不远处就有一个年轻人站岗。”

她自顾自地说着，还指了指跟来的年轻人。

年轻人说：

“俺把大娘送到家了，俺也得赶快赶回去了。”说完牵着驴就走。

阿娇喊他：“小兄弟，连口水也不喝一口你就走啊？”小伙子招招手，骑上毛驴远去了。阿娇只好道谢目送。

黄郎中笑呵呵地问：

“亲家母，你出去可把孩子和乡亲们急坏了，你孙子刚才还喊着奶奶会回来的。”

说着，狗剩把胖乎乎的小手伸了过去要奶奶抱，狗剩抱着奶奶又亲又啃，老太太抱着孙子吧嗒吧嗒直掉眼泪。

第十章　藏书终见天日

第一节　婆媳和好

曹天贵的第二封信是他们部队渡过长江解放了南京，又到大别山剿匪，经过七转八转寄来的。

这时全国的土地改革已接近尾声，这时正是天贵娘跟阿娇闹到不可开交的时候。曹天贵的来信使这婆媳之间的矛盾戛然而止。曹天贵在信中问了娘、问了老岳父、问了孩子和阿娇。问了一圈后，就在信的最后说，革命军人家属应该处处起模范带头作用。

天贵娘在接到儿子的信后，又跑到天贵他爹的坟上，大哭了一场。阿娇流着泪，赔着百倍小心，千倍地忍耐着劝回婆婆。

阿娇后来见人就说：

“俺狗剩小时候可懂事了，不像现在的熊样，你说多了他就不爱听，有时还犯个倔脾气。那时候他看到奶奶哭，就用小手不停地把奶奶的眼泪擦下来，抹在自己脸上，一把把地不停抹，边抹边学着哭。婆婆当时看到孩子赖在自己怀里，就从原来的号啕大哭，转为抽抽搭搭哭，再到后来，就只好把狗剩紧紧地搂在怀里，看着满脸抹得花猫一样的孩子破涕为笑。”

老百姓常言说：

“老儿子，大孙子。老太太怀里攒金子。”

这狗剩，就是老太太的命根子，也是曹家千亩地里一棵苗。

经过阿娇与区上县上的领导反复商量，最后由县政府决定，由县里的文管所来全面接管曹植墓。先把院子加固好后，再在院内盖了个博物馆，其实就一个小院有几间平房。院外的大门的钥匙，博物馆的钥匙由文管所和曹家共同掌管，婆婆和阿娇心里平衡了许多，尤其是天贵的娘，也欣然接受了这个两全其美的方案。

常言说：人多好吃饭，人多也好干活，在县里一拨人马的直接指挥下，几个月过后院子垒结实了，房子也盖好了，文管所的几个文人参考历史资料，也开始写字作画，准备把曹植当东阿王的故事写出来，画出来。还找了村里特实在的王老大爷来看门，由文管所供他吃喝，还有生活补贴。

阿娇对婆婆说：

“娘，咱们山洞里藏的书啊画啊的，也该见见天日了，这十几年没敢动过，只怕是快捂坏了。这一扇门上有两把锁，东西谁也拿不走，咱怕啥，把历年来存放的东西全都拿出来吧，坏了可惜了的。”

天贵娘想了想说：

“也是这个理。放在地下洞里确实不省心，放在家里也不省心。有些东西都是老辈置下的，我也没见过，只是听你爹说祖祖辈辈的人就喜欢攒点东西往洞里放，也没啥值钱的。现在咱家里夹皮墙的那锅、铲、勺你们都说是熬胶的好家什，全家还整天替它提心吊胆呢。我儿都说了交给政府，就交呗，省得咱连个囫囵觉也不敢睡。我也老了，一辈子不管两辈的事，你们年轻人说了算。”

阿娇说：

“娘，您这样说俺可担待不起，这不是咱娘儿俩商量着吗？”

天贵娘说：

“我也听说了，像东昌府的那几家大户人家，家里东西都充公了，人还挨了批。咱们娘儿几个平平安安的，等着我儿回来，不比啥都强。”

第二节 藏书洞发掘惊动京城

曹植藏书洞的发掘时间定于 1951 年清明节后。这是阿娇坚持的。一定要过了清明节，要给老祖宗圆了坟，上了香才行。老祖宗一生爱书如命，世世代代的曹家守墓人省吃俭用，买了书和字画放在读书洞里。

曹植藏书洞和鱼山浑然一体，躲过一次次灾难。上千年来，任何外人都没发现过。如果不是阿娇的亲自指点，没有人能看得出来。负责发掘工作的人员小心地去掉上边已经长满小树荒草的泥土层，里头就是一层竖立的整齐的砖，砖后边堆满了弹好的只有一点点发黄的棉絮，十几年了棉絮一如当年。拿开棉絮，就是一包包用印染的蓝花布包裹整齐码放的书，共有三万五千余册古书。

所有的字画也都用蓝花布包裹着，放在编好的严实整齐地码放的柳条筐里，还有一些坛坛罐罐，也都用同样的方法保管。阿娇和婆婆这几天也一直过来，因为里边埋的什么她俩也没全见过。这以前多是男人的活，后来兵荒马乱，又几次被大火烧过，修复整理起来需要时间和人力。

发掘时外边一直有县大队的武装人员站岗。清理到了第十天，文管所的人不敢做主了，直接报告了当时的县长，县长又报告了省里，省里又报告了北京。究竟该如何保护和发掘？文管所的人也都没了主意，这是祖祖辈辈的智慧和财富，需要北京专家来做主。

第三节　离婚不离家

这是 1951 年的阴历七月初一，曹植墓的发掘已接近了尾声。

阿娇亲身感受这次挖掘工作，多亏了北京来的史东方老师来到现场。原来每件文物都是需要登记造册的，有的还照了相，阿娇后来知道那个大盒子叫照相机。专家们对每件东西都必须像包婴孩一样地仔细包裹，保护得很好，比埋在地下强多了。

史东方老师有五十多岁，是燕京大学历史系毕业的，他每看到一件东西都是赞叹不已，他对曹家人做出的贡献，表示深深敬仰，总是没等说话，就先鞠躬。天贵娘和阿娇对这几个文化人更是尊重有加。在他的建议都得到阿娇同意后，有些东西陆续被送到北京、济南的博物馆去保存。史东方解释说：

“有些东西在这里不具备保存的条件，文物的保存既要有温度又要有湿度。有些东西咱们这里是可以的，有的不行，以前在山洞保管得好是因为这个山洞太好了，干燥和凉爽都具备。”

县政府在曹植墓地旁新盖起来的四合院大瓦房也都布置停当，只等上边来人验收了。

发掘藏书洞的工作接近尾声，正在阿娇准备喘口气的时候，又一件意想不到的大事情发生了。

那几天也不知怎么了，老天爷的脸一直阴沉着，气温还闷热难当。有时也稀稀拉拉地下阵小雨，雨下不透，闷热的天气里让人憋得难受，喘气都费劲。

阴历的七月十五是鬼节，人们一定要上坟烧纸。阿娇去曹植墓烧完纸，又到曹家坟上和娘的坟上分别烧了纸钱。刚坐在堂屋当门的草墩上凉快凉快喘口气，喝口水，小狗剩就忙着跑过来，闹着往她怀里钻着要吃奶。

奶奶在旁用食指划着自己的脸蛋说：

“没羞！没羞！奶水要冲掉我大孙子的门牙了。”

忽然刘琪主任陪着两个陌生的男人推开虚掩的大门进了院子。其中一个穿着军装，一个穿着便服。

今天的刘琪主任一改往日的笑脸，阴着脸指着穿着便服的人给阿娇和天贵娘介绍说：

“这是县民政上的兰助理。”

又指着穿着军装的那位说：

“这是队伍上的张干事。”

阿娇把狗剩往奶奶怀里一推，笑着迎上去：

“你们坐，我去烧茶去。”

天贵娘张着没牙的嘴，赶紧问：

“见着俺天贵了吗？现在全国都解放了，人家的孩子都知道回来了，他咋还不回来呢？”

她问起来没完没了。两个年轻人，只得哼啊哈啊地左一个“大娘”右一个“大娘”地应付着。

只说：“好着哪，好着哪。”

刘琪一把拉住去烧水的阿娇：

“你就不能坐下来歇一会儿吗？他们有事还要赶路呢！”

她把阿娇一把按在兰助理和张干事坐的长凳对面的草墩子上。两个年轻人你看我我看你，谁也不先说话，天贵娘一下闭起她那张干瘪的嘴，一向爱闹的狗剩，也只怯生生地忽闪着一双大眼睛看着大人。

阿娇被刘琪这么一拉一按，仿佛觉察到了什么。一刹那间，她怀疑天贵有可能是死了，也许死在了战场上，可能人早已不在人世了。她觉得喉咙里好像有一个棉花团堵住了似的难受，同时泪水不由自主地盈满双眼。院子里忽然静得能听到每个人的呼吸声，几个人谁也不想先打破这死一般的沉静。

兰助理不知什么时候蹲在凳子上，看来有点坐不住了。他用双手挠着头皮低声地说：

“我们是来送曹天贵离婚书的，他在部队上回不来了，你俩是包办婚姻，解放了，大家都可以自由了。你可以选择离婚不离家，也可选择回娘家住。大娘由张同志接到北京去，孩子可以跟他奶奶一起去北京，他还小，也可留在他娘身边。”

阿娇听了，反而松了一口气，原来曹天贵没死，他活着，活着就好……

离婚？这些年我算是有男人的人吗？行，只要没死比啥都强，这么多年这个家有他没他都一样过。阿娇内心翻滚着，却反而自己劝自己，她的平静自己也未料到。只是天贵娘听到离婚二字就马上破口大骂，骂曹天贵是狼心狗肺的东西……老太太坚决表示她哪里也不去，跟着阿娇，带着孙子，像以前一样地过。阿娇那天脑子像木了似的，他们几个是怎么离开家的，婆婆是怎么把革命军人家属的牌子摘下来，塞在锅底下烧的，都不记得了。

第四节　黄父命丧黄泉

爹爹黄郎中的死却是她永远的痛。

好几天过去了，阿娇心里难受、憋屈。她不想让自己爹知道这事跟着她一起难过。又几天了，她还是没有去看爹。爹咋也没来呢？她突然心里突突直跳，七上八下的，难受得不行。阿娇咬咬牙，心想一定得去看看爹。她边走边想，过了几天了，爹一定知道了自己被离婚的事，他难道有啥事了？

以前黄郎中只要在庄上总要过来看看孩子，这几天也没有来看外孙子，黄阿娇心里越想越忐忑不安。

她告诉婆婆：

“我去我爹那里看看，一会儿就回。”

“去吧，去吧，孩子我看着呢。”

阿娇虽然这几天都没怎么吃东西，但为了避免路上碰到熟人，还是一路小跑着绕远道去爹那边。她怕走在庄里的大道上，碰到那些婶子、大娘、妯娌的关心和安慰反而更加重她的难过，当然也怕耽误看爹。她从庄上后面的小路绕道，快到家门口时她看到大门是虚掩着的。她三步并作两步跑过去，用力推开堂屋的大门，连着声大喊：

“达达！达达！”

她往床上床下一看，两腿马上像筛糠一样，心里揪成一个疙瘩。

只见床上床下到处都是干了的血痕，散发着刺鼻的腥味。她猛地扑过去，连哭带喊：

“达达您这是怎么了？”

只见父亲躺在床上双眼紧闭，脸色蜡黄，阿娇大声地哭着说：

“达达您说话呀！”

黄郎中这时还能用手比画着指着自己的喉咙断断续续发出声音：

“渴！喝水、喝水，你……命……苦，认……命……吧。”

阿娇虽然不想让别人这么快知道自己遇到的不幸，但还是一边去烧水，一边大声求邻居过来帮忙。没等她把水烧好，父亲已经永远闭上了眼睛。一生老实厚道救人无数的父亲，却因为听说女儿被离婚的消息，永远地离开了这个让他留恋的世界和难舍的亲人。

黄郎中是被气死的。

爹爹的离去让黄阿娇如万箭穿心，老父亲还没来得及给自己做任何交代……爹是为俺的家事急火攻心，俺气死了爹。

阿娇想到没见过面的娘，为了生自己丢了性命。现在唯一的亲人因自己的婚姻，又离自己而去，自己的命真比黄连还苦。黄阿娇如果不是念着孩子，真想随爹一起去了，也就一了百了了。

这些日子庄上的人也都在议论着，阿娇真是祸不单行，这可真应了那句屋漏偏逢连夜雨。据邻居说，那天上面来人给阿娇送离婚书时，黄郎中很快就听说了。那几日黄郎中想去安慰自己的女儿，想去看看外孙子，就从庄西头往庄东头走，在庄后面的小路上来回走了多少趟，没人能数清楚。刚下过雨的小路，像被石磙压过多少遍一样光滑……

心头肉一样的女儿从小就没了娘，自己含辛茹苦把她养大成人。因为脚大嫁了个小女婿，两个人十几年的夫妻加起来在一起生活还没有一个月。刚说外孙子也有了，他们终于可以好好过日子了。咱不图女婿大富大贵当多大的官，只想他们能平稳地在一起过个舒心的日子，可怎么也没想到到头来女儿被人家休了。自己对不起闺女，对不起她死去的娘，他越想心里越揪得慌，心里发紧，头疼，难受，反胃，踉踉跄跄地回到家了，刚躺在床上就觉得一口特咸特难闻的东西直从喉咙里鼻子里往外涌，喷射状的鲜血吐得满床满地都是，浑身上下像散了架似的，怎么也爬不起来了。

做了一辈子好事的黄郎中，在他七十五岁时，怀着满腹的委屈和不甘走了。全庄的人都知道他是因为心疼女儿，为女儿急火攻心而丢了性命。

第五节　高规格的葬礼

黄阿娇边哭边说：

“爹啊！你怎么就舍得丢下我们娘儿俩就走啊！怎么就不能再睁开眼看我一眼？您怎么就舍得扔下我和狗剩孤儿寡母？苦命的爹啊！女儿不孝，您没有享过一天福……”

阿娇直哭得肝肠寸断。那哭声似乎回荡在曹家庄的每个角落，父老乡亲们没有一个不掉泪的。本村和临近村的都是自发前来吊孝，送纸钱的络绎不绝。

被黄郎中救过命的，有的走了十几里路，有更远百十里路的都来了。他们有的从东昌府来，也有莘县、冠县、茌平来的。还有带着响器班子来的，送的挽联院子都挂满了。

难忘心慈妙手回春，
半世勤俭树良好民风。
七十有五古来稀，
应无遗憾到九泉。
流芳百世、遗爱千秋。
音容宛在、后人楷模。
……

当县委齐书记知道后，一定要让县民政把给烈士准备的一口上好的棺材先给黄郎中用上。齐书记还力排力众议决定在曹庄为黄郎中举行一个追悼大会。在东阿县给一个老百姓开追悼大会，也是从古至今没有过的。

出殡那天县里区里来了很多领导，十里八村的乡亲都来给黄郎中送行，据说有上千人。

在追悼大会上，齐书记讲到黄郎中在抗日战争时期为村民不辞劳苦，走村串户去救死扶伤：

“他图的是什么，是金钱，是名誉，是地位？他什么也不图，他就是一个普普通通的有点医术的老百姓。”

齐书记提起黄郎中的诚实为人和悬壶济世的故事，也曾几度哽咽。

阿娇也是第一次听到这么大的官对爹有这么高的评价，心想爹这一辈子值啦。看到那么多的父老乡亲对父亲的敬重，阿娇一个劲儿地趴在地上给来人磕头，她觉得无以回报大家，只有像爹一样，好好地做人。

齐书记临走拉着阿娇的手说：

“婚姻这件事我帮不了你，儿大还不由爷呢，你就多保重，照顾好自己照顾好孩子。干你喜欢的事，碰到合适的也可以再往前走一步，现在新社会啦，婚姻自由。我很快就要离开这里，你千万要多保重自己。”

阿娇噙着泪水，止不住地问：

“云姑姑您要去哪儿呀？”

“我还不知道，新书记马上来啦，无论谁来都会帮助你做好阿胶的事。咱们东阿做了几千年，制胶这件事对国家对老百姓都有好处，要坚持一直做下去。”

齐书记抹着眼泪，一步三回头地离开阿娇，离开了曹庄。

第十一章　阿娇的使命

第一节　婆媳话真情

阿娇安葬了爹后，整个人瘦得脱了形。但这个家里还有很多活儿等着她干，不懂事的孩子也总拉着她不停地哭闹，一家人总得要吃喝拉撒，生活总得过下去。

阿娇曾说想死连个死的空都没有。

白天还要去作坊里备熬胶的各种材料。厂子虽然小，但遇到大事小情伙计们也还得等着她拿主意。时不时有来卖皮子的，她还要去收货付钱。秋天地里已熟透的庄稼也要收回家，要不一冬天吃啥。婆婆只能在家帮着看孩子，看看家。在秋收大忙季节里，有时阿娇累得连腰也直不起来。用她自己的话说就是，忙得顾头不顾脚了。

奶水早就没有了。狗剩闹了几天后，也只好跟奶奶去睡了。阿娇多想躺到床上闭会儿眼睛，可是每当她躺在床上她就会清清楚楚地想起，爹临咽气时，拉着自己的手说：

“妮儿命真苦，就认了吧……”

想想自己也真是命苦的人，从小就没了娘，摊上个男人这么不着四六。总算能过上不用东躲西藏的日子，可以吃上几口太平饭了，这个世上最心疼自己的爹却永远地走了。婆婆虽然把自己当亲闺女似的看，但隔一层肚皮差一层山，早晚还不得随她儿子到北京享福去。现在孩子就是自己的命，这孩子随自己也真够命苦，从小生下来就没见过爹，将来也没有爹疼。想到这里她想起自己小时候被爹扛在肩膀上，赶了东集赶西集，手里有时举着糖葫芦，有时捧着用荷叶包的香喷喷的肉包子。有时跟着爹去给人家看病，兜里总是装满了人家给的花生大枣和好吃的糖果。可将来狗剩能有爹疼吗？

“我这个没爹的孩子啊！”

她忍不住突然哭出声来。

婆婆也一直没睡着。她听到阿娇的哭声，颤颤巍巍地摸到阿娇的床边：

“孩子，看你瘦得大风都能把你刮倒了，你难受就哭几声吧，是俺老曹家对不住你。你就是跟着你爹去也不中用啊！咱庄稼人常说，人活到六十就够本儿，你爹活了七十五，在咱这十里八乡的也算是高寿了……老辈人不是说孔圣人才活到七十三吗？孩子你可要往开了想啊，不能因为孩子他爹的错糟践你自个儿的身体。”

婆婆边说边骂自己儿子不是东西。

“孩子，咱们熬着我的大孙子狗剩吧，孩子可是宁跟要饭的娘，也不能跟着当官的爹。你现在就是孩子的指望，孩子的依靠，你要是有个三长两短的，孩子可怎么办。我还能活几天，孩子可不能没有娘啊！”

阿娇听到这些话浑身一激灵，可不是吗，自己死了有用吗？没有娘的孩子就更可怜，爹也不希望自己这个样啊！好好地活下去，好好干，让这忘恩负义的孩子爹看看。

第二节　金锅重现

解放初期的鲁西大地上，没地的农民终于分到了土地。土地就是他们的命根子，他们终于有了自己家的土地可以耕种。一般人家就不再出来做长工零活了。

阿娇的黄河阿胶厂里，一些工友再怎么也留不住了。由于制作阿胶的成本比较高，一般的人家也吃不起，王瘸子眼看黄河阿胶厂生意不如战争年代那么好做了，只好又去云游四方。

刘琪也回到县上做了妇联主任。

阿娇暗暗地下了决心，离婚不离家。可心里也还是一直在纠结着，自己是个弃妇了，尽量少在人前抛头露面，如一早一晚地总和工友们相处，怕别人会背后说闲话。孤儿寡母的生活不易，但做阿胶是她永远不能放下的念想。

爹以前曾告诉她，一定要把阿胶这件事坚持做下去，并把他一生积累的实用阿胶膏方，传授给了她。阿娇思前想后决定还是要把自己遇到的难处说给婆婆听：

“如今这世道太平了，咱们把金锅拿出来熬胶吧，以后冬天咱就在家里熬胶。冬闲的时候请一两个帮工的就行，把旧厂租借给别人，我们也占点勾（股）。”

婆婆说：

“这个家今后你就当了，不用和我商量，你觉得怎么合适就怎么办吧。这些年我也明白，你干的事都是对的，都是为这个家啊。你给穷人送药，也是积德行善，人做事天看着呢，好人终有好报。”

娘儿俩就这样把事儿商量妥了。

阿娇果断地把旧厂包给了原来的工头窦大年。只是把上好的黑驴皮留下，好的木材拉回家。

现在的东阿县已有大大小小的二十多家熬胶厂，有一年做几百斤的，也有做几十斤的。阿娇不准备贪大，只想着把胶做好、做精。她计划用养三年以上的黑驴皮、金锅、桑木材来熬。胶一概不卖，只用来配药。

阿娇开始按自己的计划一步步地实施。

别人做的都是普通阿胶，阿娇做的是贡胶。金锅、银铲、铜马勺在和平年代终于重见了天日。

第三节 独门手艺

阿娇的熬胶方法是她在参考古书和不断实践中摸索出来的一套独特的熬制技术。当年在东阿县一说到黄阿娇熬出的阿胶，无论男女老少都直竖大拇指。

有的老熬胶工一提到当年的阿娇就说：

“别看人家是个女人，那熬的胶可算一绝！”

阿娇把制作上等好胶的四十九个工序写成了几百页的一大本书，很多厂家都当成宝贝拿去传抄。

开始婆婆还说：

“同行是冤家，咋能随便给别人抄呢。”

阿娇却跟婆婆讲：

“谁不愿意把胶往好了做啊！胶能做好了，就对用胶的人好，咱们也是积德了不是？”

一锅上好的贡胶工序极为复杂。前后要用四十多天才能完成，黄阿娇凭借着小时候和云姑姑学的那点文化，还有在藏书洞里苦读所学，竟然完成了这宝贵的制胶文献。

黄阿娇的制胶书，生动翔实、通俗易懂，就算是外行看了也能摸索着上手。

泡皮去毛——切碎——炮制原料——提取胶汁——澄清过滤——浓缩出胶——凝胶切胶——晾胶——擦胶印字——防霉——包装入库。

黄阿娇特别对阿胶的浓缩出胶工序进行了反复的实验和研究，并多次被政府请去在大会上传授精湛技艺：

一是浓初浓（蒸发），是将已过滤放入初浓锅内的胶汁加热至沸，进行初步浓缩，放出胶汁，转至浓缩锅内进行续浓。

蒸发有两个必要条件：一是不断用小火加热，二是汽化蒸汽的不断移去，两者缺一不可。

二是续浓提沫，熬胶需要继续浓缩，打沫是熬胶生产上又一重要工序，胶液在此工序进一步得到提纯，使胶原蛋白进一步得到水解，并达到要求。

现在经过科学验证：续浓提沫的目的在于将胶液中的细小杂质进一步清出去，将胶原蛋白进一步降解成胨、胨、肽、多肽、氨基酸等，并按一定的分子量分布状态分布。

三是加辅料出胶，加辅料出胶在阿胶生产过程中是至关重要的一环，当胶汁浓缩至用胶铲挑起挂珠时，在已浓缩提沫至净的稠胶液内依次加入豆油、冰糖、黄酒，再继续浓缩熬至稠膏状（挂旗时）即达到规定出胶的水分，然后将稠膏状的胶液倒入事先涂有植物油的专用陶瓷凝胶箱内。

黄阿娇每次都特别讲述加辅料出胶操作过程的注意事项：一是胶液浓缩至糖浆状后应过滤，将过滤后的胶液再置锅中继续浓缩至一定浓度，即当胶液“挂珠”时，可加入豆油，强力搅拌均匀后，再加入冰糖。加糖后浓缩的时间不宜过长，以免糖转化过度，降低阿胶的硬度和透明度。二是加入豆油后，应强力搅拌，使油分散均匀，以免豆油不能均匀地分布在胶液中，形成油气孔。此过程在传统工艺上称为“砸油”。三是加酒的时机。胶液加入油、糖后，应继续浓缩，使胶液内的含水量接近出胶（老百姓称吊猴）时，搅拌加入黄酒。加酒后，应强力搅拌，以尽量使阿胶液内残留的腥臭味随酒的不断蒸发而散掉。四是应保证“醒酒”的时间。加酒后，继续浓缩至胶锅内出现大泡如馒头状（达到出锅的程度，待出锅前），应关闭热火，停止加热，将胶膏自然静止一定时间，使胶膏内的气泡完全挥散出来，以免形成的阿胶内出现油气孔，影响阿胶的质量。五是浓缩收胶时，特别是从加豆油、冰糖、黄酒辅料开始，就应减小气压，降低温度，以促使水分蒸发，并防止胶液焦化，应不断搅拌，如有泡沫产生，应及时除去。随着水分的不断蒸发，胶液的黏度也越来越大，这时应防止焦化。六是出胶时应控制出胶的水分。当出胶锅内产生较大的气泡，如馒头状，俗称“发锅”，挑起胶液则黏附在出胶铲上呈片状，而不坠落俗称挂旗，胶液浓缩至无蒸汽逸出为宜。浓缩程度应适当控制，水分过多，成品在干燥过程中常出现四面高、中间低俗称“塌顶”的现象。

出胶前，应将出胶箱进行处理，以便胶坨易于取出。出胶时胶液流入出胶箱内的速度应均匀一致；装入胶液的量不宜过多，也不宜过少，要充分利用出胶箱。

阿娇还在她的这些工艺书中反复强调：要保障阿胶的优良品质和神奇功效必须遵循古训：

“不得见利忘义，堂堂正正做人，求正品，忌粗制滥造。做地地道道真胶！”

严格按照“古方、古法、古料、古工艺”的原则，利用上等的皮料和当地的东阿水及得天独厚的冬季气候熬制“最传统的阿胶”。

黄阿娇用几句顺口溜对自己写的炼胶书作了结尾：

阿胶井水黑驴皮，东阿阿胶真神奇。当年皇家把井封，古井古方古工艺，古胶工艺须牢记。

第四节　菩萨心肠

当阿娇把金锅又支起来，精心熬制的第一锅胶出来后，连婆婆都感到十分惊讶。一块块的阿胶，色如琥珀，香味四溢。做成的胶块敲起来有金玉之声。

婆婆说：

“在东阿县活了大半辈子，俺还从来没见过这样好的胶，这金锅熬制它就是不一样啊！”

当阿娇也为自己这第一锅胶的成功暗暗窃喜时，忽然听别人说，蒋家棺材铺的老板蒋兴太，得了紧七慢八的大病，其实就是癌症。阿娇思索着，虽然当年蒋老板有乘人之危的念头，但毕竟还是卖给了曹家三口棺材，三位老人才没有沦落到席卷下葬的地步。现在人家得了这种重病，凡是能帮助别人的一定要帮，爹一辈子都告诫自己：咱们多少懂点医道的人家，什么时候都不能见死不救。

阿娇决定要亲自去看看。

阿娇到了集上，买了十几个鸡蛋用手绢提着来到蒋家。

一进蒋家的门，眼前是一片破败不堪的景象。两个半大的闺女蓬头垢面。蒋兴太躺在堂屋当门的地铺上，肮脏的被子和他的脸一个颜色，肚子像一口倒扣过来的大锅，如果不是盖在上边的破棉絮一动一动的，就和死人没什么两样。

阿娇半蹲半跪地在地铺前叫了声：

“蒋大哥，我是曹庄的黄郎中的闺女，来看您了。”

蒋兴太睁了半天他那混浊的眼睛，喉咙如同拉风箱一般轰鸣，听不清说的什么。蒋兴太大一点的闺女，给阿娇搬了个草墩子，叫了声大婶子。

不一会儿，过来个老大爷小声地对阿娇说：

“已给蒋家大闺女捎信去了，看来就是熬时候了，也就这几天的事。”

阿娇明白这位大爷的话。这时阿娇将蒋兴太的如枯柴般的手抓在自己手里翻过来放在自己膝盖上，对蒋兴太左右手分别把脉。不知什么时候阿娇身后悄然来了几个邻里乡亲。阿娇转身说道：

“我回去配点药先给他吃吃试试。”

蒋兴太的俩闺女扑通一声给阿娇跪下，哭着口里直叫：“菩萨您行行好，救救俺爹吧。”

阿娇回到家里，反复琢磨着父亲留下的药方和以前自己在古书上抄的方子。根据病人的脉象，阿娇断定蒋兴太是肺里出了问题，肚子里已经积了水。病人需要滋阴润燥，益气补虚，祛风化痰清肺，利小便，润大肠。眼下要想治他的病，先要把腹中的积水排解。现在病人体质虚弱，如果水泄得太快、太多，会造成气血两亏，人一下就会支撑不住。

阿娇反复推敲配出一个方子。桑叶、石膏、甘草、人参、胡麻仁、麦冬、杏仁、琵琶叶、看谷老，又配了阿胶和大枣。父亲留下的小药库成了阿娇救人的百宝箱。阿娇配齐了药，一夜无眠，天刚蒙蒙亮就把熬好的药送到蒋家。

她看着蒋兴太把小半碗的药喝了下去。离开蒋家时天才大亮起来。就这样每三天一服药，她一直坚持到蒋兴太能拄着棍子走路。蒋兴太对阿娇一句一个活菩萨地叫着。

阿娇用土办法加上神奇的阿胶从阎王殿里救回蒋兴太的事，一传十、十传百，大家称赞阿娇的医术和人品。但也给阿娇引来了不小的麻烦。

第五节　解开误会

蒋兴太没用半年的时间，病就好了，重开起了他的木匠作坊。现在他的木匠作坊以做家具为主了，十里八村有娶媳妇嫁闺女的，打个床打个柜子都会来找他，生意做得红红火火。

阿娇治好他的病后，他才听别人说阿娇现在离了婚，也成了独身。他听了这些话心里一直惦记着阿娇，连吃饭走路睡觉，这满脑子里都是阿娇的影子。从阿娇第一次给他把脉问诊，到亲自端药送水，给他喂饭喂汤……在他脑子里一遍遍地呈现。他心想是阿娇下功夫精心伺候，才使他这个半截入土的人又活了过来，阿娇究竟图啥？他逢人就说阿娇就是活菩萨是他的救命恩人，心里却想着如何把阿娇娶回家。还自作多情地想着，如果阿娇没有意思，为什么要拼命救自己？不但花钱还得出力。自己再无动于衷就太不解风情了，也辜负了阿娇的一片真心。

他心想总不能让人家女人先开口吧！想到这里，他立马请了曹庄最会说媒的王大娘去做媒，并送给她好几丈黑布，说事成之后还有厚礼相送。

王大娘和天贵娘在一个庄上住着，也算老姊妹了。她见了天贵的娘，一把拉着她的手开门见山地说：

“咱天贵媳妇是十里八村打着灯笼也难找的好媳妇，咱们都是女人，守空房难熬啊！不能老让孩子一个人，这样长了也不是个事儿，现在新社会了，应劝她再往前走一步。”

天贵娘低着头说：

“有合适的，她愿意嫁我不拦着，是俺儿子对不起人家。”

王大娘又说：

“现在倒有个合适的，就是当年卖给你家三口棺材，要阿娇去当填房的蒋老板。他家孩子也都大了，开了木匠铺子，有钱有手艺……”

没等王大娘把话说完，天贵娘就急了：

“这事我知道，以前他救过俺家的急！就冲这个俺家阿娇才千方百计地把他从阎王殿里救了回来。好几个来说这事儿的，你可别跟着他们瞎咧咧啦，我们阿娇可没有这个想法。”

蒋兴太看王大娘给天贵娘说了也不行，就又托了好几个人去找阿娇提亲。

无论谁来阿娇都坚决地说：

“大家都乡里乡亲的，救他是我的本分，他想歪了，你们千万别瞎想了，我生是曹家人死是曹家鬼。”

蒋兴太是个特别认死理不服输的人，他想你阿娇当年曾经答应过我，给你们家三口棺材就愿意嫁给我，那时你是活汉妻，我不能娶，我看在乡里乡亲和齐掌柜的面子上，这个事也就算了。可我快要死了，你究竟出于什么心思又来救我？我现在身体好了，你又不肯嫁给我了。

别人给他出主意说："你们都这个岁数了，就直接找阿娇问个明白呗。"

自从阿娇知道蒋兴太的心思后就开始躲着他，阿娇越躲他越来劲，干脆拿了个席子睡在阿娇家门口的树底下。阿娇怎么也没有想到姓蒋的会这般胡闹。她在院子里就听到，大门口围着不少老人和小孩。也有老人劝姓蒋的赶快走，说他丢人现眼：

"人家阿娇是什么样的人，大家都知道。她就是为了救你的命啊……你想什么呢？你现在堵人家门口不是胡闹吗……"

天贵娘也没有了主意，小狗剩攥着拳头要出去揍他。阿娇想，老这样躲着也不是办法，她打开门对着蒋兴太说：

"蒋大哥有啥事进院里来说，你堵着我家的门算啥？你也是个有头有脸的人，你不给自己留面子，也得给你孩子留面子。该说的我都让别人告诉你了，你生病和别人生病我都是一样地尽心，将来你和你的家人生病我还会帮你。"

阿娇说到这里，蒋兴太低着头抱着他的席子灰溜溜地走了。

据说他回家后用最好的金丝楠木刻了尊女菩萨，有人说特别像阿娇，蒋老板一天三遍给雕像烧香磕头，听说以后再也没有续弦。

第十二章　时代的步伐

第一节　公私合营

1956年，东阿县大大小小的二十多家阿胶厂，要进行公私合营了。

阿娇家虽然是家庭作坊式的小厂，但也被动员公私合营。因为她手艺好，还因为她家里的金锅，还有和金锅一样十分稀罕贵重的银铲和铜马勺，再加上阿娇怀揣熬胶的古方真传，熬出的胶远近闻名。

她原先租赁给窦大年的那个老厂，也在公私合营范围之内。

阿娇对公私合营的事并不清楚。心想，自己一个女人家，上有老下有小的，只是由于自己的人缘好，走到哪里人家都高看自己一眼，厚爱一层。也深刻感觉这个新社会里女人的地位和以前大不一样了。虽然她是离婚不离家的人，但是她没觉得像旧社会那样受人欺负，特别是狗剩上学后，也让人省心，老师还都特别待见他。

可这公私合营的事却让她六神无主，比当年曹天贵提出和她离婚还让她难以理解。曹天贵与她离婚，她觉得有他没有他都一样过，事实也是如此。

离婚不离家的她过得一点也不比别人差，假如不再让她做阿胶了，她可该怎么办？就像老牛掉在枯井里有劲使不上，一时间百思不得其解。

这几年，每逢过年过节，曹天贵也会寄钱寄物给婆婆和孩子。但她从来不正眼瞧一下，时间长了，婆婆知道她心里不好受，收到东西就赶快藏起来，日后慢慢地补贴家用。

阿娇对这个充满新气象的社会，对这个不再愁吃愁喝的家，心里知足极了。现在县上突然说所有的阿胶厂都要公私合营，她可以吃 1% 的红利，不再参加生产和经营，这让她心如刀绞一样的难过。她心里好似明镜，是大家看上了她家的金锅，是嫉妒她和别人不一样的手艺。今后如果不再做她研究了半辈子的阿胶，真比让她死了还要难受。

虽说熬胶的活儿又苦又累，阿娇却不觉得。她觉得熬胶和治病救人是她生命的全部意义。

阿胶有时候也叫冬胶，因为只有冬天才能熬胶，在有冰碴儿的水里浸泡过的皮子才最好。每当这时候，每个熬胶人的手上全都会布满冻裂带血的口子。一旦开始点火烧锅熬胶，需要三个月的时间，在这三个月里衣不解带，要经受烟熏火燎。经过一道道复杂的工序和胶质的接触，手也开始由粗糙变得细嫩如绸。当用细嫩的双手擦着阿胶时，阿胶便会由柔软慢慢变得如琥珀一般。

每个制胶人的心，也会开始变得犹如黄酒浸泡阿胶一样柔和起来，美好起来。特别是看到从自己手里炼出的阿胶，能使一个病人慢慢强壮起来的时候，那种心里的甜蜜是无法用语言来形容的。每个熬胶人都会年复一年地期盼着下一个冬季，期盼着下一锅更好的胶出锅，就像看着自己孩子一天天长大。

现在阿娇前思后想睡不着觉，吃饭也没了胃口。无论如何她也弄不明白，好好的作坊为啥要公私合营呢？自己的金锅、银铲、铜马勺是祖上留给自己的，怎么能说归大队就归了大队呢？为了保护这些宝贝，全家人在战乱年代遭了多少难，也是为了这些宝贝，老奶奶、奶奶全都死在日本鬼子的手里。公爹也是承受不了这巨大的打击气绝身亡。终于盼到太平的年月，可又要公私合营。

自从云姑姑调走后，阿娇遇到这些想不开的事，她就不知道该找谁去说了。她也多次去找刘主任，别人说刘主任去省里学习啦。

第二节　阿娇的愤怒

三十九岁这年，阿娇被推荐为公私合营后的东阿阿胶厂分管技术的副厂长。

开始阿娇也是考虑妇人家的会招惹是非，她一直是左推右推不想干。可怎么都不行，县上新来的领导让她干，她对阿胶的那份情也让她割舍不下。最后还是现在已是新任县委副书记的刘琪，专门找到阿娇，掰开了揉碎了做了不少思想工作，才使阿娇同意去当这个副厂长。据说刘书记当时把古往今来的女人的楷模都给她说了一遍：什么穆桂英五十三岁出征，什么花木兰替父从军，又说到刘胡兰十五岁为了今天的解放甘愿躺在敌人的铡刀下献出了年轻的生命……两个女人抱着头哭得稀里哗啦。

最后刘琪说：

“你还不到四十，怎么能不干呢？离婚也不丢人，解放了，离婚再婚是常事儿。今后可不能这样想，自己是离婚的人如何如何。你到厂里有什么困难县里会给你撑腰做主，咱行得正，坐得端，咱谁也不怕……”

阿娇在婆婆的支持下，才决定走马上任。上班第一天她没告诉任何人就自己先到厂里去了。

二十几家厂里的东西都归到了一起，这个新厂杂乱不堪，没什么章法。她想着第一件事是把东西分类清理。把原来每家的皮子、柴草、灶具，根据种类和需要分开。阿娇看着这大批的皮子堆放在一起，被雨水浇过以后满地流着黄泥汤一样的脏水，皮子泛着一股股令人恶心的臭味，而且怎么会有黄色的和棕色的呢？

黄色的和棕色的明显是马皮和牛皮。阿娇看到这一大堆掺假的原材料，瞬间气就不打一处来。素日温婉的阿娇第一次破口大骂：

“谁这么丧尽天良，干这种生孩子没有屁眼的事？”

阿娇像泼妇一样边扒拉着大堆的皮子边大骂不止。这时书记、厂长和工人们闻声都围了过来。

书记也是县上新派来的，叫王兴旺，他看着这堆皮子根本分不清什么是驴皮、马皮和牛皮。他来以前曾经听说过黄阿娇的一些故事，但他不知道这个骂街的就是黄阿娇，按说一个技术副厂长应该先来找自己报到才是，怎么先跑到这一堆臭烘烘的皮子前撒野骂街来了！

他不分青红皂白地叉着腰指着阿娇说：

“这是东阿县的阿胶厂，我是这里的书记，你有事说事，骂什么街啊！”

阿娇也生气地说：“谁敢坏了良心，往驴皮中掺马皮和牛皮，我就骂谁。我不管书记不书记的，我只知道，马皮和牛皮不能冒充驴皮。这就是人命关天的大事，是图财害命，是丧尽天良！”

阿娇越说越气，让这个王书记根本插不上话。

这时厂长郑大强过来把两个人劝开：

“咱们先开个会，商量一下如何把不是驴皮的杂皮子挑出来，我现在都分不清楚，让黄厂长给大家讲讲驴皮与马皮和牛皮的区别。”这时王书记才确认眼前的这个女人就是来负责技术的副厂长黄阿娇。

王书记赶快伸过手来换了笑脸说：

“这真是大水冲了龙王庙，一家人不认一家人了，我还没来得及去看您呢，您自己微服私访来啦。”

阿娇带着满手的泥污一眼也不看他们就转身离开，大家看到阿娇眉头紧皱，双眼噙满了泪水。

第三节　真假驴皮闹风波

阿娇带领着几个工友不顾天寒地冻把几千斤皮子愣是翻了个遍，虽然也挑出了一些马皮和牛皮，但数量不是很多。王兴旺站在正在码垛的阿娇面前，叉着腰说：

“你这兴师动众地把皮子翻了个遍，耽误了半个月的工期，我还认为能有多少杂皮呢，不就这一点吗？ 错过了半个月的熬胶时间，照这种吹着浮土找裂纹、磨洋工的做法什么时候才能开始熬胶啊！”

阿娇说：

“阿胶就要冬板的驴皮，马皮和牛皮熬出的就不是阿胶。”

书记觉得阿娇是犟眼子，继续找碴儿说：

“别认为就你会熬胶，这个厂里，人人会熬胶，俺家也是熬胶的，牛皮一样熬胶。”

阿娇也大声说：

“是你们请我来的，你看不上我熬胶我还不干了呢。”

这时厂长郑大强跑过来劝解说：

“咱们这个合营厂刚成立，咱们在一起是搭伙计，伙计可不能伤了和气。”

厂长又一次把吵得不可开交的两个人劝开。阿娇也不客气地说：“你们都是熬胶的，要我当这个技术厂长干什么！我还不干了呢！”

郑大强左一个大姐右一个大姐地劝，王兴旺也说了一大车的软话，还赔了不是：

“大姐我这不也是着急吗！北京几个大药店都在等咱们东阿公私合营后的第一批胶，催得急啊！”

阿娇也不甘示弱地说：

“急？也不能在咱东阿出来假胶啊！你们要让我管技术，在熬胶上一定要按老规矩办。阿胶可是咱们祖先留下的名贵中药材，阿胶最初有用牛皮熬制，牛皮胶，叫黄明胶。猪皮胶等都叫次品杂胶，与黄明胶功效相似，黄明胶是消肿的。到了唐代，才发现用驴皮熬制阿胶，滋阴补血功效最好，配合药物功效更强，用驴皮的才叫阿胶，一直沿用到今天……”

阿娇这个人，最听不得别人的半句软话。消消气便给他们几个边比画边说：

“上好的驴皮应在冬季取皮，叫冬板，皮大、板厚、毛短为好，黑驴皮最好。夏季宰杀剥取的皮，是夏板，皮薄，张小，多为次品……”

不等阿娇把话说完，王书记就又着急地说：

“咱还不如把全厂的人都集中在这里开个会，让黄厂长给大家讲讲，好统一认识。”

阿娇却坚持不讲，说把合营的这些家作坊的工艺全部公开后让大家自己讨论，然后用标牌写出流程对比。

阿娇反复说：

“阿胶制造不能减少半点功夫，要少了功夫我就不能干这个作假害人的活。”说完还瞟了一眼厂书记。这次风波以阿娇制定的熬胶工艺流程为生产标准而大告成功。

阿娇凭着自己多年的制胶经验，把制胶流程明白地写在纸上，然后张榜公布，还作为全厂考试题让全厂职工学习背诵。考试不及格者坚决不能上岗。刚刚公私合营的阿胶厂因为黄阿娇的严格要求还闹出了很多不大不小的乌龙来。

后来厂书记要求全厂职工每周一早上集体背诵一遍才能开始干活。

又是周一，阿胶厂的职工们整齐站立，同声齐诵：

“一、泡皮备料：将成张的驴皮置于清水中，浸泡七天，每天换水两次，取出后用快刀剔除附肉，刮掉皮上毛及皮内里的残血和皮上的脏物。把皮子处理后切成小块。再置于清水中浸泡五天，每天换水两次。

“二、熬取胶汁：将清理好的驴皮块，置于锅中，加水至浸没驴皮。用中火给夹层锅均匀加热，火力稳定避免大火煳锅，沸水中煎炖，不断补充水分，随熬随搅拌，逐步‘化皮’，用时两天。 煎煮所得胶汁倒入陶瓷罐中，往锅内再加水继续熬煮，如此反复操作三次，直至胶汁充分熬尽为止。

“三、过滤、澄清：加入冰糖的胶汁必须进行二次过滤，要用二细铜丝筛过滤，并在过滤时，细筛下加五层重叠的纱布，所得胶汁再通过丝棉过滤一次，滤过的胶汁中放食用明矾二两，然后静置澄清。

“四、浓缩、收胶：滤清后的胶汁，重新放在锅内，用文火加热，在不断搅拌下，浓缩一天一夜，直至浓缩到不渗纸。这时要趁热加入适量的黄酒，间隔一袋烟的工夫后，加入适量的豆油，经一个时辰就可收胶。

“五、凝结切块：将上述胶汁趁热倒入预先涂有豆油的木槽模型内（槽内镶有白铁皮），放置在阴凉处，使其冷却凝结。将已经凝固的胶块从木槽中取出，切成二两、四两的小块。使用白粗布蘸着热开水，进行六面擦胶，将胶块六面擦至光亮，显出粗布纹理，保持阿胶的传统特色。

“六、干燥、包装：胶块放置于晾胶架上或晾胶板上，干燥、阴凉半个月，每天翻动一次。再过半个月，装箱压平，七天后取出再二次晾干燥，共需两月干透，即可包装入库。入库前用潮湿毛巾擦拭胶块表面，打上印讫，再进行封装。”

这些程序，当年被作为全厂的生产标准严格执行。到现在东阿所有的阿胶厂也一直在沿用这个流程。

第四节　好胶出东阿

公私合营后，黄阿娇所在的工厂继续使用“黄河”牌这个招牌，工厂大家习惯叫“东阿阿胶厂”。由于产品品质好，价格公道，“黄河”牌阿胶在全国一直都供不应求。

黄阿娇在厂里工作勤恳认真负责，再加上技术过硬，得到全厂上下一致公认。她还入了党、当选了县劳模、县人大代表。当时厂里职工工作量不大，除了技术培训和制胶生产，还有小半年是闲着的。大家也都不愿意闲着混饭，可原材料供应是个大问题特别是东阿黑驴皮非常紧缺。

阿娇组织大家开会想办法，有职工提议在黄河岸边建一个自己的养驴农场。除了养驴以外就是种些桑树，养驴是为了解决驴皮来源，种桑树是为了解决熬胶生产中烧柴的问题。厂领导当场拍板。县委县政府专门划拨了 1 万亩河滩地作为东阿县的农场。老百姓也叫它“沙河农场”，意为黄河故道的沙土地。

在改造沙土地时，阿娇带领职工晴天一身土，雨天一身泥。职工调侃农场是：

“沙子汤、沙子馍，离了沙子没法活。”

“早晚二两土，白天不够晚上补。”

历经五年艰苦奋斗，在黄阿娇亲自带领下，终于在万亩土地上种活了上万棵桑树，养了上万头驴，并带动附近几个县兴起了养驴产业。后来才有了高唐的驴肉，河北河间几个县的驴肉火烧也是享誉中外。由于种了桑树，东阿县的养蚕业也得到快速发展，阿娇带领畜牧技术团队经过几年的探索实践也找到了最好的种驴，那就是德州大黑驴，高大雄壮，皮厚。

阿娇那时每个月工资是二十八块钱，三口人够用了。她觉得比旧社会好上一千倍一万倍，虽然在别人看来单身母亲怪可怜的，但阿娇却觉得有工作，能继续做她喜欢的阿胶事业，心里非常满足。

第五节　孩子命悬一线

狗剩在学校里是个非常听话爱学习的好孩子，特别让娘和奶奶省心。大炼钢铁那几年他跟着大人跑前跑后，为了完成老师布置的为国家做贡献的任务，他把家里所有能炼钢的物件都交了出去。

有一天夜里，狗剩蹑手蹑脚地起来，阿娇想着家里的最后一样铁器是一把菜刀，狗剩总不能把菜刀也贡献出去吧？对了，还有条拴门的铁链不会也惦记上了吧？阿娇悄悄地起来，跟在他后边看他要干吗……

只见狗剩拿着水瓢，到水缸旁一次次舀水喝。阿娇怕吓着孩子，只好咳嗽一下。

狗剩摇摇晃晃，用沙哑的声音说：

“娘我难受，我渴得很！”

阿娇用手一摸孩子的头，滚烫滚烫的。

“孩子你这是咋的了，咋这么烫呢！不能再喝凉水啦，你等着，娘给你烧热水喝……”

这时候奶奶听到动静也起来了。

尽管阿娇用了各种办法给孩子降温，但还是无济于事，狗剩这次病得不轻，烧得很厉害。光靠自己的土办法看来不行。

阿娇告诉婆婆说：

“我得马上带孩子到县医院去看病。”

阿娇边说边牵上家里的大黑驴，在驴身上垫了小被子，把狗剩抱到驴背上坐下。

阿娇牵着驴就往外走，婆婆追出来说：

“喊个邻居陪你们一起去吧！”

阿娇回头说：

“这大半夜里就不麻烦人家啦！娘你放心等着，我们去去就回……”

阿娇心急如焚，牵着毛驴脚不离地地往县医院赶，边走边不停地与狗剩说着话。一是为了给自己壮胆，二是怕狗剩给烧糊涂了，从驴背上掉下来。

当经过一片乱坟岗子时，狗剩开始说胡话，一会儿说前边有个人，一会儿说驴肚皮下边跑着个兔子。说得阿娇身上发冷，一直打着激灵。阿娇也曾听孩子奶奶说过，这片乱坟岗子，以前是专门扔夭折孩子的地方。谁家的孩子死了，用草捆上就扔在这里。这片儿野狗成群，也出过不少怪事。老人说夜里从这里走，碰到“鬼打墙”就怎么都走不出去，天亮了才能走出去，要不就是回家大病一场，严重的一命呜呼。阿娇想：人们大白天走在这里都要快步通过……这大半夜的……

孩子烧得胡话不断，阿娇吓出一身冷汗。

她拍着毛驴带着哭腔说：

“大黑求你了……走快点啊！”

毛驴大黑好像听懂了她的话，嗒嗒地往前跑。

赶到医院门口，天还没有大亮。

阿娇背起孩子就去敲医生的门，当晚正好是杨老先生值班，他已经有六十多岁了，他是认识阿娇的。老先生马上和医院其他值班的几个年轻大夫对孩子进行了紧急救治：

“你们再晚半天来这孩子可能就没命了。最近已有几个孩子跟他得了一样的病，这种病叫大脑炎，主要是蚊子传播，前几天医院到省里跑了好几趟，才进了几针救命针，这是一种新药，叫青霉素。”

阿娇着急地问：

“杨先生俺这孩子得的也是大脑炎吗？这不吓死人了。”

“从各种症状看我判断你这孩子得的也是大脑炎，现在打上针了，烧很快就会退下来。会不会留下后遗症我不敢说，你最好能用鲜芦根加阿胶熬水给他喝。”

阿娇说：

“咱就是做胶的，胶不愁，您说鲜芦根，就是菖蒲根吗……”

阿娇啥也不顾，踏着冰碴子到水坑里刨回一大筐鲜芦根。

在县医院的精心治疗和阿娇的配合下，狗剩捡回了一条命。也没留任何后遗症。奶奶为了看狗剩傻不傻，经常用手指头在他面前比比画画。这场大病让狗剩瘦得只剩三根筋挑着一个头。同村的小伙伴见到他就说笑：

“三根筋挑着一个头，狗剩变成大猿猴。”

阿娇也是后来听说，那几年得大脑炎的孩子死了不少，后遗症变傻的也不少。

狗剩，算是剩下了。应了这个乳名儿。

阿娇后来常常念叨：

“俺应该给自己磕个响头，俺这是既要当爹又要当娘……”

第十三章　曹天贵的新婚生活

第一节　闪电般的婚姻

曹天贵在队伍中也算得上是个文化人，扛过枪、打过仗、受过伤，所以提拔得还是比较快的。

一九五一年上半年，他随四野的一个兵团，在湖北大山里刚刚完成剿匪任务，就被直接调往北京，任务是参与组建一座军队学院。等他到北京来报到时，才知道是自己的老上级田子龙当了这个学院的政委，点名要调他来当政治部主任。

学院在北京的郊区，他调来的当天田子龙说要给他接风洗尘，请他去自己家里坐坐：

"你还没见过你嫂子呢！到北京了还不去认个门儿？"

一顿家宴，久别相聚甚欢。也是这次家宴让他认识了田子龙的爱人林丽英，同时见到了林丽英的妹妹林爽英。

年轻英俊，身材高大魁梧。这样的曹天贵把刚参加工作不久，只有二十出头的林爽英迷得神魂颠倒。虽然只见了一次，便害了相思病。天天和她姐姐姐夫闹，说非曹天贵不嫁。

姐姐姐夫一再告诉她，人家家里有老婆孩子……林爽英执拗的性子上来，开始一哭二闹：

“别说他有前妻，就是有三房四妾我也不在乎！那都是旧社会的封建包办婚姻，是革命的对象……”

刚从战场上下来的曹天贵，哪经过这种阵势。第一次吃饭她就主动给他夹菜，热情得让曹天贵不敢看她火辣辣的眼神。

资料室正好属于政治部管，林爽英借着送报纸资料为名，一会儿偷偷地送个手绢、一会儿偷偷地送双袜子。借送书送资料的工作之便，直接写小纸条夹带在报纸里表白心意。曹天贵没有什么回应，当然也没有表示出拒绝。

林丽英知道妹妹的心事。这丫头从小就喜欢军人，喜欢英雄。田子龙多次在她们面前夸奖过自己的这个老战友如何聪明过人，如何勇敢机智，又长得一表人才……有心的妹妹早已患上了单相思。

林丽英这个唯一的妹妹，从小一直跟着他们。她调到学院资料室工作后也有不少人追她，但她对谁都看不上眼，谁知道偏偏爱上了曹天贵这个有家有室的山东大汉。林丽英很担心自己的妹妹，因为在河北农村的一段工作经历，让她亲眼见过一个女子因相思病精神失常的事情。看着妹妹林爽英日渐消瘦，经常发呆，她越想越害怕，只好给爱人吹起枕边风。

林丽英耐心细致地对自己丈夫讲，现在有许多老干部都把以前没感情、封建包办的旧婚姻解决掉了，她还举了鲁迅等一大批文人的例子。

田子龙耐不住老婆天天洗脑，也开始逐渐认同这种破除旧婚姻就是向封建社会做告别的理论。田政委不断找曹天贵谈话，做他的思想工作。曹天贵开始好长一段时间是犹豫不决的，最终还是半推半就地同意了这桩让他终生心灵受到强烈煎熬的婚姻。所有手续办理事务，都是林家姊妹积极完成的，曹天贵又一次稀里糊涂结了婚，成了老上级的连襟，成了林爽英的丈夫。

曹天贵那段时间，一会儿觉得自己就是当代的陈世美，一会儿觉得自己是天底下最对不起阿娇姐的负心人。想人家王宝钏苦守寒窑十八年还能盼到薛平贵荣归故里，自己现在究竟算个啥东西，连孩子也没能见上一面。一会儿转念又想到田子龙说的，新中国了，需要咱们继续做出牺牲，为了死去的战友，要能贡献自己的一切。自己必须安心做好党给自己安排的这项伟大的工作，再也不可能回到黄河岸边的小村，和比自己大八岁的媳妇过那种脸朝黄土背朝天的小农日子。

曹天贵能有今天，念念不忘的是表哥带自己走向了革命的道路，但姚远表哥却永远地离开了这个世界……他给阿娇写过一封信，信中反复说让阿娇就当自己牺牲了，可是阿娇没有回过一个字。曹天贵其实期待他这个曾经的妻子阿娇姐能回信骂自己一通，那样心里也许能舒服一点。可并没有，自己一直痛苦煎熬着。

林爽英是年轻貌美又活泼开朗的新女性。这个新时代的新女性的大胆表白，使这位刚从战场上归来的、血气方刚又饱受戎马之苦的曹天贵深受感动，他觉得自己不就是个农村的土小子吗？人家既然不嫌弃自己结过婚还有个孩子，自己就不能辜负这个美丽又朝气蓬勃的姑娘。他常常又能从林爽英身上，嗅到一种在阿娇身上从来没有过的甜滋滋的新气息。欲罢已不能，他就这么稀里糊涂地按林家姐妹的期待和安排，走完了结婚所有程序。

张干事从东阿县回来后，首先向田政委汇报了这次去东阿的经过，特别是着重汇报了为曹天贵办离婚的全过程：

“县民政这两年办的这种离婚案子不少，女方绝大多数是既不哭也不闹地接受现实。曹主任的家属是最开通的，什么条件也没提。只是曹家老太太不高兴，一直在骂，也可能老太太的表现，是做给家里儿媳妇看的……”

田政委又轻描淡写地转告给曹天贵。曹天贵是在内疚和忐忑中，与林爽英又组成了一个新的家庭，过上了甜蜜幸福的新婚生活。

第二节　曹天贵接娘进京

东阿阿胶厂，在东阿县这个古老而又年轻的县城里算是国营工厂，在全国闹自然灾害的一九六〇年，艰难地运行着。厂里缺这少那很是困难。首先是皮源十分紧张，开不了工，发不了工资，填不饱肚子。有些职工面对这个又脏又累的活，宁愿去站柜台也不肯去熬胶。实行合作化后，农民也不愿再养毛驴，没有了驴皮，阿胶就成了无源之水、无本之木。

阿娇想方设法派人外出到山区里去购买驴皮，可阿胶厂又缺资金，买到了皮子，运输又成了问题，真是难坏了阿娇。阿娇常挂在嘴边的一句话就是：

“咱老辈说，巧妇难为无米之炊，有了米才能做饭的那就不能叫巧妇，巧妇就应能做无米之炊，巧妇巧在会找米下锅。”

阿娇天天做动员：

“为了保证生产，大家要想法找门路，光我们自己养的驴，皮子还不够。在这灾荒年买皮子做出这救命的阿胶是关键。你们看多少水肿病人，只要能喝上两碗阿胶红枣汤准能消肿，为了咱们百姓，咱们这胶也得坚持熬下去啊。”

让阿娇怎么也没想到的是，在这新社会遇到的最大自然灾害的年月里，阿胶却卖得出奇的好。一斤阿胶就能换一辆大金鹿的自行车，在因饥饿闹水肿的病人中，只要能喝上两碗阿胶黄豆红枣汤，肿得锃光瓦亮的腿一两天的工夫就能消肿。中医用阿胶配药一次也只能用扣子大的一点，多了舍不得啊。阿娇看在眼里急在心里，就像老黄牛掉在枯井里有劲使不出来。

书记和厂长也都先后调到县里商业部门工作，阿娇成了厂里最大的领导，可以说了算。但那时境况却举步维艰。

有一天，阿娇正在厂里忙得脚打后脑勺，邻居家的孩子突然来叫她赶快回家：

“大娘您家里来了亲戚，大奶奶让您马上回家。”

问孩子谁家亲戚？他怎么也说不清楚，只是嘟嘟囔囔地说是个大官。阿娇一听大官，心里就猜测可能是曹天贵，或是和他有关系的人。阿娇一路上都在想这究竟又是啥事？

阿娇远远就看见他们院子门口人头攒动，走进院子更是挤满了人。阿娇心里七上八下，三步并作两步往堂屋走，邻居们嘴里喊着：

“来了！来了！”

众人自动为阿娇闪开了一条路。

堂屋里当门的凳子上坐着几个人，尽管十几年没见了，但她还是一眼就认出了穿着军装的曹天贵，接着看到了婆婆，正在拐着一双小脚里外招呼着人。看到与自己离婚十几年的那个男人，她的心顿时如万箭穿心，血液在大脑里直往上涌。

曹天贵立马站起来赔着笑脸说：

“阿娇姐，这么多年苦了你了，这次来是想跟你商量商量把娘和孩子接走……”

阿娇还没等曹天贵把话说完，强压着怒火说：

“你把你娘接走可以，孩子是我的，你打死我，我也不会让他跟你走。我的孩子，要饿死我们娘俩也得饿死在一起，我的孩子从生下就没有爹，这会儿冒出个当爹的。”

说到这里，阿娇一把把狗剩拉在怀里，大声哭：

“我这没爹的孩子啊！你好命苦。你病得要死的时候你爹在哪里，你这从小没爹疼的孩子啊！”

阿娇说着越哭越伤心，想到因为曹天贵跟自己离婚而被气死的老父亲……任凭婶子大娘怎么劝，她哭得几乎要昏过去。

陪着曹天贵来的省上的县上的干部，都尴尬地站在一旁，说不是劝不是。

这时天贵娘拉着阿娇的手说：

“你跟我到里间里来一下……”

当阿娇进来看到半床的吃的，各种见过没见过的点心、糖果和布料时，她也顾不上自己平时的一向稳重，顺手拿了簸箕，一次次从屋里的大床上把点心、糖果丢得满院子都是，有的还倒进了猪圈里。布料被塞到炉膛子烧了，弄的满院子都是布烧焦后难闻的味道。任谁拉都拉不住，气得婆婆和孩子也跟着哭成一团，院子里看热闹的越来越多。

见过大世面的曹天贵像木头桩子似的站着，不吵也不闹。其他陪同来的人，劝曹天贵赶快回济南去。天贵在陪他来的几个人的帮助下，连拉带扯半抱着把老娘塞进他们开来的吉普车里，一溜烟地开着车跑了。

第三节　天贵娘闹京城

曹天贵这次是好心好意地想借着去济南开会的机会，把乡下老娘接到了北京，让老人也到北京来享享儿子的福。他走前就和妻子林爽英商量好了，这么久了，也不知娘和孩子怎么样了，过年过节虽然他们也按老地址寄了些钱和物，但很少收到回音。

曹天贵小心地对林爽英说：

“如果我娘和那没见过面的孩子在这饥荒年月被饿死了，我这儿子和父亲可就丧尽了良心啦。咱们虽然也不富裕，但总比他们在农村强些。”

林爽英说不上心甘情愿，但也认为丈夫说得合情合理。曹天贵走后，她已经为未曾谋面的婆婆和丈夫与前妻的孩子收拾出了一间家里最好的向阳的房间。但她心里也还是七上八下，不知如何处理好这种关系。她给几个女儿一遍又一遍地做了思想工作，什么要懂礼貌了，要叫奶奶，要叫大哥哥等。她给女儿们做工作，也是在给自己打气，要当好儿媳妇，要做个好后妈。

几天后，全家等来的是一个拄着拐棍、裹着一双小脚、用宽布带扎着腿、满身灰尘、穿着肥大的挽裆的黑棉裤、带大襟的黑棉袄、黑瘦的脸上嵌着一双混浊的眼睛、脑后挽着一个疙瘩鬏的土埋半截的乡下老太太，看上去好像一阵风都能把她刮倒。

曹天贵一边叫着：

“曹露、曹霜、曹霞、曹雯，快来叫奶奶。”

一边对林爽英说：

“娘两天没吃没喝了，一直在晕车，这一路太遭罪了，把胆汁都快要吐出来了，赶快煮点面条放两个鸡蛋。”

说着也顾不得特别爱干净的老婆，把满身是土的娘扶到床上，帮娘把鞋脱了下来，把扎腿的布解开，扶着娘躺下，拉开被子给娘盖上。

大女儿曹露八岁，二女儿曹霜六岁，曹霞、曹雯是一对双胞胎，刚四岁。

大女儿曹露一个劲地问：

“哥哥怎么没来呢？”

曹天贵回答说：

“他要上学，暂时来不了。”

二女儿曹霜说：

“奶奶原来就是个土人啊！”

两个小的直喊着在幼儿园没吃饱要吃鸡蛋面。

曹天贵这几年一下生了四个，平时一回到家就被吵闹得头大，现在看着脸色蜡黄的娘，头更大了。看着娘的难受劲儿，心里嘀咕，娘来北京可别有个三长两短的，那可不是孝顺，是自己在作孽。

还好，天贵娘昏昏沉沉地睡了两天两夜，终于醒了过来。见了这个没见过面的儿媳妇，她第一印象就觉得怎么看都像说书唱戏里的狐狸精。她想用手摸摸这几个没见过面的小孙女，结果她们全都躲她远远的，在这个笼子似的家里她就是个外人。对儿子也觉得非常陌生，不管是她吃剩的还是孩子吃剩的，全是儿子接着吃。连天黑关灯他都要先问问媳妇，媳妇同意他才关，在这个家里他一切都听媳妇的，这个家全是媳妇说了算，她心里难过别扭极了。

她想自己的亲孙子狗剩，她想左邻右舍的老姊妹，但她一想到阿娇那天发脾气的样子，就好像从来不认识她似的，在一块儿过了二十多年，从来没见她这样过，但她慢慢地又好像明白了阿娇的心。看人家这一家子过得有头有脸的，热热乎乎的，阿娇过得算啥，熬了一辈的胶，但熬人熬得不值。人家也是二十岁的黄花大闺女进了这个家，该吃的苦不该吃的苦都吃了，该受的罪和不该受的罪都受了。好不容易把孩子拉扯大又要被接走，能不恼吗！是曹家人对不起人家啊。想到这里她想出去走走，找人给她娘儿俩打个信，说自己不习惯这里还是要回去的，吃糠咽菜也还是自己家里好。

白天曹天贵他们都走了，家里就老太太一个人。锅里给她留点饭凑合着吃一口。儿媳妇说话她也听不懂，她说话也要通过儿子翻译。有一天他们上班后，她看到儿媳妇屋里有一个头巾掉在地上，她顺手捡起来放到了他们大床上，从此他们上班就把门给锁上了，其实是关上了门。老太太想头巾只不过是人家做的记号啊，这不是把自己当贼防着吗？

她越想心里越难过，想到儿媳妇从来也没跟自己正经说过几句话。她想出去转转，两个孙女又嫌她穿得土气，怕丢人，怕同学笑话她们，死活不让她出门，这是她从儿子教育孩子的口气中听出来的。儿媳妇有天拿出一套灰不溜丢的衣服非让她换上，她坚决不换，她觉得自己成了要饭的了，穿她们的旧衣服，再说了那种衣服她也穿不惯。

尽管每天吃的是净米白面，但老太太吃不惯这里的饭菜，菜不烂也不咸，没有自己在家喝碗糊涂（玉米面或南瓜等粗粮煮成的糊状乡土食物）舒心。有一天趁他们都不在，她给自己稀饭里放了一大勺盐，吃得很香，但到了夜里口渴得不行，她蹭到了厨房里找水喝，没想到手一滑碗掉在了地上，啪嚓，一个碗摔了好几瓣。碗摔碎的声音，在这夜深人静中传出好远……

一向神经衰弱的林爽英，这二十多天来已经到了忍无可忍的程度。每天夜里老太太颤着一双小脚一趟趟地去厕所，这双小脚的脚后跟着地，就如同用棒槌捣地一样令人心烦，夜里拉水箱的声音可以传得好远。她听到厨房的“巨响”一骨碌爬起来，看到老太太正在厨房里转悠，没好气地大声说：“这大半夜您是要干啥？您还让不让别人睡了？”

老太太本来就在黑灯瞎火的厨房里，为打碎了一个碗心里忐忑不安着。突然听到这身后的大喊声，吓得一屁股坐在了地上，不管不顾地，爹一声娘一声大哭起来。开始是哭，接着用山东的土话叫嚷着骂。林爽英只听懂了一句骂她的话，大概意思是说她上辈子没干啥好事，生了一窝子小妮子。曹天贵起来先劝了娘，又回头哄媳妇，连搂带抱地把媳妇弄回到屋里。可是林爽英已经气得七窍生烟，浑身颤抖。她咬牙切齿地用双手捶着头说：

“你是要我和孩子，还是要你娘，你给个痛快话，我受不了啦，我要疯啦，我要杀人啦……”

第四节　情义无价

自从摔碗风波后，天贵娘一直留意着他们家的大门上的洋锁头是怎么开怎么关的。琢磨了几天，终于学会了开门和关门。

这天等他们全家都出门后，她把自己的几个小东西包在林爽英送给她的四方围巾里，揣上天贵的几个老乡战友来看她时，送给她的 30 多块钱，拄着拐棍溜出了家，歪歪斜斜地走出了部队的大院。

说来也巧，老太太出了大院门，不远处正好有一辆送人的三轮车，蹬车的小伙子是个非常热心的山东人。他听到老太太在儿子家里遇到的种种不满意，仗义执言地说：

“我送您去火车站。”

他不但把老太太送到了火车站，还帮忙买好了去济南的火车票。

老太太非常顺利地回到了东阿县曹庄自己的家中，见人就说，还是家里好啊！喘气都匀称。阿娇和孙子都佩服得一再问这个一辈子没出过远门的老太太，问她是怎么一个人回来的。

她总自豪地说：

“鼻子底下长的这张嘴，不光是会吃饭的，还可以说话，问路啊……金窝银窝，不如自己的土窝。”

自从老太太走后，曹天贵在北京的家里就乱成了一锅粥。好些事也像一团没了头绪的乱麻，越理越乱。正在大人吵、小孩闹的节骨眼上，他们收到阿娇“母亲平安到家”的电报。

曹天贵和林爽英的战火终于算是平息了，但两个人心里从此都留下了抹不去的阴影，结下了很深但说不出口的矛盾。

自从老太太回来后，阿娇和婆婆感情更深了，婆婆觉得在这个世界上只有阿娇和孙子才是她最亲的亲人，儿子在北京虽然做了大官，但不再属于她了。儿子现在是真正的娶了媳妇忘了娘，她觉得是城里的这个媳妇教坏了自己的儿子，孙女没有一个和自己亲，还不都是她妈教出来的吗？

虽然老太太平平安安地回来了，但她每次想起在北京的种种不悦，就要向阿娇一吐为快。阿娇千方百计地哄她高兴，尽可能地安慰她。现在老太太觉得只有阿娇才跟她最亲，她们共同的目标就是，盼着狗剩快点长大。但她们期望值却不同，奶奶盼着狗剩长大了，早点娶个媳妇好抱重孙子，曹家的香火就能续上。阿娇盼着狗剩长大了，到阿胶厂帮她熬胶接她的班。阿胶厂缺少有文化的年轻人。

突然有一天，在县城上高中的狗剩回到家里，对他娘说："我们高一的学生可以不用上学了。"

没等他奶奶和他娘同意，他就偷偷地揣上当年父亲给他买的小老虎帽和父亲在北京的地址，找到他父亲，非要去当兵。当他看到父亲整天开会，对他提出要当兵的事不置可否时，招呼也没打，就和同学们到南方去了。

有一天，组织上突然让阿娇接待从北京曹天贵单位来的两个外调人员。

外调人员穿着一身军装，十分严肃地说：

"黄阿娇同志！曹天贵的两件事情，你要配合组织调查，一、曹天贵是不是大奸臣曹操的后人，是不是混进了革命队伍的坏人？二、曹天贵是不是现代陈世美，贪图荣华富贵抛弃了结发妻子？"

阿娇从来人的口气中感觉到曹天贵当前的日子不会好过，一定出了什么问题。她冷静地说：

"我是自愿和他离婚的，现在我与他没有任何来往。但我得凭自己的良心说话，曹天贵的祖上不过就是个给曹操的儿子曹植守坟的穷人。他们家是不是姓曹还得另说着，在旧社会守坟的人家都是穷人，没看到过有吃有喝的人家去守坟的。新中国成立初期，把曹植墓地的出土文物全都交给了县文管所，还是曹天贵从部队来信催着办的。他十二岁就参加革命，他没有守过坟，祖上守坟与他没啥关系。他为革命受过伤，命都豁出去了，从北打到南，又从东打到西……离婚是我自愿的，我们的婚姻本来就是父母包办的。离婚了他走他的阳关道，我过我的独木桥。我喜欢东阿的水，喜欢东阿的胶，我离不开东阿，是我不愿意跟着他。”

阿娇大着胆子说了几句违心的话。

“你们要不信就去问问左右邻居，曹天贵哪儿算得上什么陈世美呀，我也不是什么秦香莲，我是东阿县国营阿胶厂的黄厂长。”

黄阿娇的一番话把外调人员说得哑口无言，扫兴而归。可他们从心底佩服这个有情有义的东阿女人。

当组织上宣布，部队内几个别有用心的人给曹天贵网罗的罪名不成立时，特别是两个外调人员把黄阿娇的话说给曹天贵听了后，这个久经战场的七尺男儿呜呜地大哭起来。

终于回到家的曹天贵跟孩子老婆郑重地说：“黄阿娇待全家的深情厚谊，我们家里每个人都要做到永世不能忘，她永远是这个家的恩人。”

第五节　命运的作弄

自从婆婆离开北京以后，林爽英和曹天贵的关系就出现了明显的裂痕。

婆婆咒骂她“一辈没干啥好事，才生了一窝子的小妮子”。这恶毒语言，就像万箭穿心一样让她难受。老太太别的话她都没听明白，但就这句话她却听得真真的，记得牢牢的，让她痛不欲生。她决定要冒着大龄的危险再生一个孩子，但必须是儿子，她不信自己生不出儿子来。

林爽英为生出儿子查找各种资料，吃各种各样的偏方。她听说吃咸鸭蛋容易怀男孩，因为男孩需要更多的氯化钠，她想方设法托人从外地买回来咸鸭蛋。一会儿又拼命吃酸的水果，让自己提前进入“酸儿辣女”的状态。她还要定日期低三下四地求曹天贵过夫妻生活，并且瞒着曹天贵不再采取任何避孕措施。

功夫不负有心人，一九六八年秋天她发现自己真的怀孕了，四十岁的她高兴得像个孩子。她高龄怀孕引起四个女儿的强烈不满。曹天贵这边刚刚恢复工作，本来想一展宏图，把停职耽误的时间补回来。得知老婆怀孕的消息，即使满心的不愿意，也还得装着高兴，还要哄着孩子们：

“老大和老二马上要去兵团了，你妈妈怕你们走了，家里寂寞，生个小不点儿解闷。”

曹天贵在家里历来迁就林爽英，在生孩子这件事上依然如此。由于林爽英从怀孕起各项指标就不正常，为了生老五差点要了她的命。但因为终于生出了个男孩子，全家人倒也是十分高兴。谁知道这孩子出生后就不消停，一会儿出黄疸需要去医院，一会儿夜里大哭不止，过了二十几天还不会睁眼，不足月的时间就找遍了北京各大医院的专家大夫。

孩子不睁眼，有的大夫说是肌无力，有的大夫说先天不足。在检查中还发现这孩子的两只耳朵长得不对称，一个高一个低，属于生理缺陷。他们两口子实在无法接受，一想到自己四个如花似玉的女儿怎么看怎么可爱，可偏偏生个先天不足的儿子，这不是命运在捉弄自己是什么？争强好胜的林爽英实在受不了这样的打击，一时间患上了严重的心脏病，既管不了孩子也管不了家。

曹天贵如热锅上的蚂蚁无从下手。瞒着林爽英，硬着头皮给阿娇写了封信，希望阿娇能帮忙在老家找个保姆来。信中写道：阿娇姐，您永远是曹家的大恩人，我做牛做马也难以报答您的恩情，现有一急事求您，急需你从老家找一个保姆照顾家中的病人和幼子。阿娇收到信后没敢告诉婆婆，自己悄悄经过多方打听，终于在附近一个庄上找了个刚刚初中毕业的女孩，愿意到北京做家政服务。

这件事也从此开启了东阿县家政服务业的航程，至今东阿县家政服务员已经誉满京城。

第十四章　后继有人

第一节　阿娇的悲伤

转眼到了一九六九年的春天，婆婆身体越来越差，自知命不久矣。阿娇发了几封电报告诉曹天贵，希望他回家，让娘生前再看一眼儿子，再商量商量娘的后事。她心想自己毕竟不再是曹家法律上的媳妇，这等大事还是需要曹天贵来定夺，可曹天贵一直都没回音。

狗剩告诉娘和奶奶说："我要去北京看看爹，是不是又出了什么事？保姆去了怎么就没有回信了呢？我快去快回少则三五天多则一礼拜，就一准能回来。"

谁知这狗剩也是一去十多天也不见回来。近半个月了，从四川来了一封信，狗剩说他去当兵了，是铁道兵，去了四川的大巴山里，修的是襄渝线。

原来狗剩在去北京的火车上碰到一个年轻的退伍军人，他告诉狗剩：你一定要去当兵，要不你得后悔一辈子。你再不去当兵你年龄就超了，当不成了。你爹在大院里，大院的孩子当兵只要身体合格，入伍是很容易的事。狗剩也正在为自己的前途和出路发愁，奶奶和娘天天催自己娶媳妇，他不想就此开始老婆孩子热炕头的生活，他想多出去闯一闯，当兵是他的梦想，只要穿上那身军装，就算战死疆场这一辈子也值了。

但令他没想到的是，这个只见过两次面的爹，对他的想法大为赞许，很快就圆了他穿军装的梦。狗剩从内心里认了这个爹，把自己多少年对爹的怨气消得一干二净。奶奶身体不好的事，他也告诉了爹，但爹只是低头不语。狗剩住在部队招待所前后不到三天还包括了体检和其他手续的办理时间，就跟接兵的走了。他后来听说是院里有个孩子因身体不合格，接兵的人正在犯愁，嫌人数不够，正好自己顶了这个空缺。他觉得能当上兵，完全是命中注定，一到连队他马上就给娘和奶奶写了封信去。

阿娇接到了狗剩的信后，既高兴又后悔。天下要有卖后悔药的，阿娇恨不得买两篓子吃，后来见人就说：

“让狗剩去找他爹等于放虎上山，这儿子算是白养了。谁的孩子像谁，他爹当年就是这么跑出去当了兵……国家能需要他也不算白养……”

狗剩长到这么大，还算是个听话的好孩子。阿娇主要想让他学着把熬胶这门手艺传下来。可他没在厂里干满三个月就说什么也不想干了，他受不了熬胶的烦琐工艺，不但要经受烟熏火燎，还要学会关键细致的技术。什么挂旗、打沫，特别是他娘反复教他通过对挂旗的观察，望、闻，才能做出好胶之类得磨性子的活儿时，他是发自内心地不想学熬胶了。不学就不学吧，可偏偏这时候阿娇和奶奶又想让他赶快娶个媳妇，也好给奶奶冲冲喜。狗剩毕竟是个读过书的人，他不想扮演这种荒唐尴尬的角色。最终他借去北京找父亲的机会圆了自己当兵的梦。

其实曹天贵在狗剩来北京前就拍过电报："工作忙暂不能回。"但这个电报一直就揣在狗剩的口袋里，他没有告诉娘和奶奶。他对这个爹一肚子的气，他要到北京质问这个做了大官、借口工作忙、不要自己娘的坏了良心的爹。

到了北京后他才发现，原来是林爽英正在月子里，还病得特别重，父亲只让他在招待所待了三天，住了两个晚上，就让他跟着接兵的去了四川。爹详细地问了家里和奶奶的情况后，也详细说了林爽英随时都有生命危险，要有什么闪失更是让人闹心，她的血压也忽高忽低，心脏也不好。林爽英心绞痛一次次发作，曹天贵只有一次次随急救车陪林爽英到医院里去进行抢救……这段时间曹天贵已经心力交瘁，狗剩的几个妹妹也都是心理负担极重。

父子俩像两个久别的老朋友一样深聊着家长里短。

曹天贵当前这种情况下，也顾不得老家的母亲了。眼下看到长大成人的儿子一心想去当兵，他就千方百计地从老战友那里打听消息。接兵的名额正好缺一个，就赶紧对自己的老战友说：

“孩子想当兵，政审应该没问题，如果身体也合格就让接兵的把他带走吧。”

就这样曹建龙阴错阳差地当上了铁道兵。狗剩这个名字也成了他对家乡、奶奶和娘的遥远的记忆。

阿娇是在儿子出门十多天后，接到了他从四川山沟寄回来的信。也是天贵娘发丧入土的那几天。自从狗剩去了北京，老太太就一口气吊了好几天，最后老太太没有盼到儿子，也没有盼回孙子，带着满腹的心事离开了这个世界。又是阿娇披麻戴孝，把天贵的娘送到了南北坑里。

第二节　阿娇的困惑

阿娇自从儿子远走他乡参军后，又赶上婆婆去世，所有的事都是自己操持，没有一个亲人在身边。这一连串的遭遇和打击让从不知疲倦的黄阿娇，在床上整整躺了半个多月。阿胶厂的事她真想撒手不管了，要钱没钱，要人没人，怎么干？但是她无论是醒着，还是在梦里她都难以割舍对阿胶这份事业的一片深情。

厂里上下都知道，她遇到了这一连串的打击心里不好受，每天都派几个青年工人来轮流看望她，给她做点饭，烧点水。这份情感又使她对阿胶厂的事欲罢不能。

有一天，她正一个人在家里憋屈而郁闷着，突然门外有人大喊：

“黄阿娇拿印章来！”

她知道这是邮递员的声音，是寄什么东西来了吗？打开大门看到骑着绿色邮车的邮递员时，也看到了跟在后边跑的几个孩子。每次都是这样，孩子们喜欢凑热闹，这也是最好的传话方式。谁家寄来了钱，谁家寄来了物，马上被宣传得全村家喻户晓。

她连忙招呼邮递员进院里坐下，自己回到屋里从柜子里取出印章，心里犯着嘀咕，是谁邮来的什么东西？等邮递员笑着把汇款单递到阿娇手里时，她一遍又一遍地揉着自己的眼睛。汇款单上清楚地用大写数字写着伍佰元整，钱是曹天贵寄来的。无论如何她也不敢相信这个天文数字，因为她心里明镜似的，曹天贵是当了大官，可一窝孩子的日子过得并不富裕，这五百块可是个不小的数字，得积攒多少年呢？

这钱对曹天贵来讲也非常重要，老婆有病，还有一堆孩子，过的是不容易的。她想把钱给他们退回去。老太太也走了，儿子在部队有津贴。她不想用曹天贵的钱，可是阿胶厂正缺钱呢。她正在左右为难的时候，王副厂长和厂里田会计还有厂里几个老职工来看阿娇了。

他们几个都是阿胶厂的老人了。

田会计一进门就对阿娇说：

“黄厂长，今天中午我们几个不走了，听说你有钱了，我们要吃大户了。”

阿娇笑着说："粗茶淡饭、饼子窝窝我还管得起，但钱不是我的，我也不想要，他们在城里生活过得也不容易。"几个人七嘴八舌地说：

"钱是不能退回去的，你如果把钱退回去，可能会惹出很多是非来，也许这是曹天贵多年积攒的私房钱呢，他家里的人并不知道。他这钱是补给曹大娘丧葬用的，你退回去等于骂他是不要爹娘的王八蛋。"

听他们几个七嘴八舌的这么一说，阿娇转念一想：

"那要不把钱就给咱厂里先用着吧……"

田会计他们几个也附和着说：

"好！就算厂里借你的。"

中午阿娇给大家做了槐花汤，烙了白面饼。

人多吃得香，大家又你一言我一语地聊起来：

"咱们也都不年轻了，阿胶厂光靠咱们几个老人也不行，厂里还得来年轻人。"

阿娇说：

"我也正琢磨着还得去找县上要几个有文化的年轻人来。"

第三节　阿胶后继有人

阿娇连个磕巴也没打一下，就把曹天贵寄来的五百元钱交给了阿胶厂的会计入了账。全厂上下都为阿胶厂又"有米下锅"而兴奋不已，也为他们最尊敬的老厂长黄阿娇同志的无私奉献精神而感动和鼓舞。但阿娇怎么也兴奋不起来，她犯着愁：自己也一大把年纪了，厂里留不住年轻人，连自己的儿子都不愿意做阿胶。自己对阿胶是一辈子的情缘，但自己孩子却对阿胶，对自己的事不管不问，还一下子跑到四川那个大老远的地方了。年轻人特别是有点文化的年轻人，谁还愿意来阿胶厂啊，熬胶的活辛苦不说，也看不到人生的前途啊！

可是阿胶厂里确实需要年轻人，特别是需要有文化的年轻人。熬胶的这门手艺需要年轻人来传承，阿胶厂还要用现代化技术再发展创新。阿娇正琢磨着，忽然想起，县上有个部队农场，两年前来了一批接受锻炼的大学生。他们农场以前还多次组织这些年轻人来厂里参观学习。有的年轻人逢年过节回家探亲，也时不时地托人来厂里给家里人买阿胶作为礼物带回去。阿娇想到这里一下子来了精神。她想了一夜，如何去找领导，去诉说自己的苦衷，如何表述厂里求贤若渴的发展需要。

第二天一大早，阿娇把自己参加大事儿才穿的衣服翻找出来。里边穿一件漂白布的贴身的小褂，外边穿了一件灰色带大襟的长袖上衣，白领白袖若隐若现。下身穿着一条黑丝布带兜的西服裤，一双自己做的尖口黑条绒布鞋。这些她平时是舍不得穿的，只有参加县上的会才穿过有数的几次。

她没怎么费劲就见到了分管阿胶厂的副县长。

杨副县长热情地说：

“你来得正好，这些学生两年锻炼期已满，正在准备分配工作，有些年轻人确实不错。”

经过杨副县长的推荐和组织部门的考核同意，阿娇为阿胶厂争取来了六个年轻人，四男两女，他们都是大学生，有山东大学的，也有青岛大学、烟台大学和莱阳农学院的，年龄大都在二十四五岁。

几个年轻的大学生来到阿胶厂后，一下就为阿胶厂带来了勃勃的生机，他们几个特别爱学习，特别喜欢唱歌，带动全厂职工掀起读书、学技术热潮。阿娇脸上也总是笑眯眯的，看着这些生龙活虎般的年轻人，自己仿佛也年轻了许多。

黄阿娇给他们边讲阿胶的历史，边介绍阿胶的功效，还每天都边讲边示范阿胶的每道制作工艺。阿娇还挑选了两个年轻人当自己的徒弟，并通过他俩带那四个新人，实际上就是选了两个小组长。一个是留着平头个子不高、长得很敦实的刘大伟，还有一个叫白雪的女孩，高高的个子，长得很秀气，戴着一副浅色白边眼镜，说话斯斯文文，但学起技术来非常认真，一点都不含糊，总是拿着本和笔在不停地问不停地记。

厂里新来的大学生里有个女孩叫郭敏敏，开始是安排在办公室工作，但她要求同白雪一起深入车间去。郭敏敏是一个个子不高、皮肤有点黑的姑娘，长着一双会说话的大眼睛，黑玛瑙般的眸子配上又浓又密的睫毛，忽闪忽闪的，十分惹人喜爱。当阿娇后来知道她还是个印尼华侨，老家是福建时，对这个离家万里之遥的女孩就格外疼爱了。

郭敏敏家人把她送到国内来上大学，阿娇本以为她对阿胶不会有什么概念，但郭敏敏说起阿胶来却头头是道。她说东阿阿胶是道地药材。在印尼，有钱人家的女孩子从来例假开始，家里人就给服用阿胶。她还提起印尼邻居家有个老奶奶从十几岁开始服用阿胶，到现在九十多岁了还在服用，一辈子脸色红润有光泽。还说印尼那地方由于潮湿有一种很怪的病，得了就会全身红肿溃烂。阿胶对这种病有很好的治疗和预防作用。郭敏敏说印尼人对阿胶的渴求已经超过药材本身，到了一种对圣物的崇拜状态，很多有钱人家嫁女儿，嫁妆里一定会有阿胶，代表婚后夫妻如胶似漆……她还对阿娇说：

“我父亲说过，爷爷年轻的时候曾经到过东阿收购阿胶……”

郭敏敏特别喜欢和白雪在一起，这两个一高一矮一黑一白的年轻女孩，很快就成了黄河牌阿胶厂一道亮丽的风景线。厂里经过这些年的工艺改进，制胶的标准也需要修订，阿娇就安排她们两个把每道生产工序都完整地记录下来。白雪是青岛大学化学专业毕业生，是个各门功课都很优秀的女孩，郭敏敏是山东医学院学中药制剂的，两位对阿胶的生产工艺都有着浓厚的兴趣。

当她们看着黑乎乎的驴皮，经过泡、熬、浓缩等一道道复杂的工序，经过师傅们千变万化的手艺，那曾经沸腾的胶液变成了一块块透着香气、色如琥珀一般的贵重药材时，既新鲜又兴奋。

她们对阿娇说：

“师父您说得对，应该按照药的生产方式制定一个新生产标准，仅凭老师傅个人的经验不能适应大规模量化的生产需求。以前咱们厂的细则还是不够细，以前我们虽然有规则但不够科学严谨。”几个年轻人关于技术和管理的创新提议，虽不乏元老反对，却得到了老厂长的坚决支持。

阿娇拍板说：

“我们要固守传统精华，也要创新制定流程和管理流程……我看就安排白雪和小郭两个人来做这件事，重修阿胶的生产标准。”

白雪和郭敏敏衣不解带地整整在熬胶一线跟踪了3个月，跟着老师傅把每道工序都详细记录下来，有的还用图示画了下来，这个标准就像现在的ISO9000、ISO9001一样。

第四节　熬胶现代化

熬阿胶不再用锅，这对于有着几千年熬胶历史的东阿县大大小小的熬胶厂来说是做梦也想不到的。但黄阿娇带领的年轻人却使这个梦想变成了现实。这个阿胶制造工艺创新还要从这几个大学生进厂工作开始说起。

刘大伟是学化工的，他从进了阿胶厂就开始琢磨，如何减少工人的劳动强度，减少成本提高效益。他一边自学机械制造，一边搞发明创造，在一年多的时间里，他制作出了电动洗皮机、自动切皮机、切胶机。还有一个关键的问题一直在困扰着这个年轻的技术员，那就是如何改变三千多年来用大铁锅熬制阿胶的工艺。大铁锅熬制阿胶的劳动强度太大了，还容易发生生产事故，用什么方法可以替代它呢？他在化工厂实习过，见过化工厂生产用的反应釜，他吃饭睡觉都在想如何让熬胶的工人不再日夜围着熬胶的大锅转，想得他食不甘味夜不成寐。

轮到他休息了，他决定到聊城去买几本关于机械制造方面的书。到了聊城，刚走到新华书店门口，就听到旁边街巷里传出几声闷雷似的巨大响声。

“砰！砰！砰！”

这声音像有着巨大的魔力在吸引着他。他循着声音走去，只见几个孩子有的拿着个碗，有的手里拿着筐或布兜子，碗里装着玉米或是黄豆，围着一个六十多岁的老头儿。那人正在从一个中间粗两头细的铁桶中往外倒刚刚崩好的米花。刘大伟马上眼睛一亮，这不就是自己要做的模型吗？只是中间还不够粗和圆。他眼睛一眨不眨地盯着这个崩米花的老年人，心里却按捺不住兴奋，惊叹道：高手在民间！

看老人一边拉风箱一边用手摇动装着玉米的铁罐子，在炭火小炉子上，十多分钟一罐就崩好了。入料、加热、转动、开盖，那一招一式看得刘大伟像中了魔一般，跟着老人家转了好几条街，老人也早就发现了这个年轻人，抓起一把爆米花递给这个好奇的年轻人，爷儿俩聊得起劲儿。老人最后把生产爆米花压力罐的厂家的详细地址也给了刘大伟，他高兴地向老人道别，决定赶回厂里向老厂长汇报自己的想法。

黄阿娇听了刘大伟的想法后，拍着双手说：

“熬胶不用锅，这可是太好了，我想也不敢想。如果做成了，功劳是你们年轻人的，如果做不成，责任是我的！”

阿娇又拍着刘大伟的肩膀说：

“我也听说过明胶的炼法，他们是用猪啊牛啊羊的骨头，在一个圆的罐子里熬出来的。他们是不用锅，但罐子口朝上立着，通过进蒸汽加压，胶就从骨头里面一点一点地跑到水上面来。因为我们用的是驴皮熬胶，驴皮一加热，就变软，变黏，你不搅它就煳在锅底上，我们用的是皮，和他们用骨头是不一样的。”老厂长的几句话使刘大伟颇受启发。

阿娇还提出给他们组织一个科研小组，要求他们尽快到一些大学、药厂去学习交流。她安排会计把自己这几年攒的工资和厂里所抽出的经费全部拨付给科研小组。刘大伟带领这个小组，先后到青岛明胶厂、上海制药厂和北京同仁堂去观摩和调研。

他们经过调研后先画了图纸，做成了一些小模型。之后就买了钢板，用手工敲。把八毫米厚的钢板放在焦炭上，烧得通红通红的，再把钢板一块一块地砸成球面，一个蒸球需要十四块钢板，每块钢板都要敲它七八遍。把钢板烧热以后，一靠近它浑身上下都像烤焦了一样。每个人一天下来都如同扒了一层皮，这个球体还只能用木槌敲，不能用铁锤敲。用铁锤敲就会砸出一些窝窝来，胶粘上去清洗不下来就没法用了。为了做这个化皮的球，他们先在地下挖一个球面的坑，把钢板扔在里面砸，砸成个球面，内胆全是用不锈钢的，通过夹层用蒸汽把胶液提炼成胶。这活儿还非得夏天干，因为夏天是阿胶厂检修的时间。

化皮球终于做好了。开始测试，八个小时就能把皮化成胶液。新的化皮球终于熬胶成功，轰动了全厂，轰动了全县，轰动了全阿胶行业。

阿娇说：

“这个新方法熬制的胶质量是真好，我们在锅里熬，需要五天五夜，胶才能提炼干净，现在八小时就可以出来胶了……”

阿娇激动地搂着年轻人，眼泪止不住地往下掉。

东阿阿胶厂前后经过3年的时间终于制造出了中国001号化皮蒸球，开启了阿胶制造业中药现代化的先河，改变了三千多年来用铁锅熬胶的历史。

第五节　风险和成功

新设备投入试运行后，黄阿娇一直睡不着觉，激动兴奋又担心。激动的是这个创新技术在东阿制胶史上是一个重大革新。兴奋的是产值成倍的增长，产值从原来每年纯利只有五万元，到了现在的二十多万元，同行的厂家来参观学习的络绎不绝。看到年轻人把阿胶厂搞得如此红火，她心里真比吃了蜜还甜。

有时候在梦中又惊出一身冷汗，她时时担心着，怕这个大铁家伙搞不好会爆炸了，那可是厂毁人亡啊。

有一次县妇联非让她去县上参加全县劳模代表大会。晚上不让她走，安排看电影，电影演的是《地雷战》。当她看到日本鬼子进村一踩着地雷，地雷就爆炸的片段，那个场景使她脑袋嗡的一声作响……哪里还有心思看电影，她又开始担心蒸皮球会爆炸！任谁也劝不住，拉不住。她不顾天寒地冻，不顾天黑路滑，连滚带爬跑回厂里，当她看到车间生产一切正常时，一屁股坐了下来，这才发现，自己一路紧张得出汗出到湿透衣裤。

当刘大伟知道这件事后，搂着老厂长流着泪说："老厂长，今后我们绝不能再让您担惊受怕，我们都希望您长命百岁，陪着我们，您身体好才是咱们厂的福分。您放心，我们已经和好几所大学签好了协议，咱们熬胶将来都会用计算机进行自动控制。温度、湿度、出胶的时间都是有程序计算好的，由计算机说了算。"

尽管黄阿娇听不懂这些新名词，但刘大伟一席话，除了使七十多岁的黄阿娇感到云山雾罩外，也让她心里踏实了许多。她也从此暗暗下定决心，今后阿胶厂的大事小情绝不能再管了。他们年轻人有文化、有知识、有干劲，完全可以放心地交给他们了，她决定从今以后在家安享晚年。她觉得自己这个围着熬胶锅转了一辈子的人，已经跟不上这个时代的步伐了。正如省市领导在大会小会上多次讲的：

"现在东阿阿胶厂自己设计制造了十余项生产阿胶的设备，阿胶生产已经告别了传统的作坊式的生产，开始迈进了工业化的步伐。"

彻底退休在家的黄阿娇还是闲不住，在家里又开始琢磨阿胶新的食用方法 。

第十五章　阿胶发展走上快车道

第一节　阿胶口服液面市

黄阿娇尽管对自己说退休了让年轻人干，自己也该好好的颐养天年了。但她脑子一刻也没闲着，街坊邻居一些老姐妹想找她家长里短地拉呱儿说话，人家说东她说西或者三五句就把别人都打发走。她心思还是在一辈子难以割舍的阿胶上。因此，也引起老姐妹们的不满和疑惑。也有人说这老太太是不是有毛病了，怎么和以前不一样。黄阿娇实在顾不得那么多了，满脑子都在想如何让阿胶吃得更方便，如何改变几千年来的吃法。让老百姓用起来合适，吃起来方便。

她又把古籍秘方翻出来，开始继续学习中医药经典古方。天天不是写就是画，还见人就说：

“阿胶要是做成浆打开就能喝多好。需要服胶时，不用自己在家熬就可以喝。生活中的常见病，喝了就能好或减轻病痛，该有多好。同时方便医院，把做好的阿胶浆给需要的患者用上。像西药的药水药片一样医生按需开方，病人根据医嘱拿回家就按说明书喝。”

这件事也是当年爹的心愿。阿娇下定决心，要把这个祖辈的心愿变成现实，让阿胶方便食用。她深思熟虑后拉着郭敏敏和几个年轻人一起研究阿胶浆口服液，并把东阿县人民医院和聊城市人民医院作为研究试用的协作单位，还找了几家中医药大学，一遍遍做了动物实验。

经过无数次的小试中试和有关部门的层层审批，最后成功上市了“福寿”牌阿胶口服液，并且批量化的生产。这款产品很快成为各大医院的大夫喜欢开出的保健及病后康复产品。其主要功效就是补血滋阴、润燥止血。常被用于血虚的萎黄、眩晕、心悸、肌痿无力，还有心烦不眠、肺燥咳嗽、劳咳咯血、吐血、便血、崩漏，妊娠的胎漏、缺铁性贫血，失眠等。

老厂长黄阿娇粗略算了一下，新产品从最初的想法到投入研发乃至大批量生产，加上各环节实验和审批，花了上亿元。国家科委还把这个产品列入了国家的新产品保密计划和新产品产业计划。“阿胶口服液”的诞生，好评如潮，获得的各种奖项纷至沓来。制作设备的研发当时是由东南理工大学和浙江大学联合温州的几个企业，专门为阿胶口服液研制了一款自动装罐机。在中医药大学的帮助下口服液的有效期达到了十八个月。

在一大批专家的倾力指导下，口服液的主要成分除阿胶外，还加入了枸杞、党参、仙茅、砂仁等配伍，是一次彻底的守正创新。当阿娇看到，第一股红棕色稳定的阿胶液体，灌装到每支装十毫升的小玻璃瓶时，激动得热泪盈眶。

黄阿娇见谁都说：

“只有有了共产党，只有在我们的新中国，咱们这个三千多年的国宝阿胶才能发展得这么快这么好，这么方便老百姓。过去旧社会只有官宦财主才能享受的东西，现在老百姓都能吃得起，吃得上！”

后来阿娇根据古书上的经典方和专家实验论证，对阿胶口服液使用说明做了进一步细化：服用口服液期间要忌辛辣、生冷、油腻的食物，而且最好是在饭前服用，服用两周症状没有缓解的，应该去医院就诊。有高血压、心脏病、肝病、肾病等慢性病的患者，应该在医师的指导下服用。当这种口服液的性状发生改变的时候是要禁止使用的。现在阿胶口服液也成为东阿阿胶厂的当家产品，深受老百姓喜爱。阿胶是中华祖先留给国人的遗产，是咱们中国人“主动健康”的好产品。

第二节　不断创新是企业发展的硬道理

黄阿娇对待阿胶厂，就像对待自己的孩子一样。她虽然一生曲折坎坷，嫁给曹天贵总共在一起生活没有一个月，含辛茹苦抚养大的儿子先是偷偷去当兵，退役后又说了一大堆理由留在了新疆，可是阿胶这份事业给了她精神上莫大的支持和安慰。

“人不能样样好处都占了！”

这是老年的阿娇时常宽慰自己的话。也是回应关心她和替她惋惜的人们常说的一句话。

“没有新社会，就没有今天的东阿阿胶厂！”

阿娇发自内心地逢人就说。

阿胶自从用了化皮球熬制以后，产品的质量、产量和利润都有大幅提高，特别是阿胶口服液走进医院方便广大患者后，黄阿娇心里真是比吃了蜜还甜。

每当黄阿娇看到厂里这些年轻人的聪明才干和满满的干劲儿时，又一次决定在家颐养天年。她当着全厂宣布有事可以到家里来找她，但她绝不再去厂里做任何指手画脚的事。后来厂里人到她家里请示任何问题，她只说自己的建议。对于用人和资金使用等决策问题她也从不参与。

年逾八十的阿娇，思维依然清晰。耳不聋眼不花，走起路来还是一阵风。见到她的人有的说这是阿胶的功劳，也有人说是她积德行善的结果。

老年阿娇越发变得恬淡满足。

每每有厂里人来看她时，她总说：

“我也是落地的瓜啦，不能再干什么事了，把这阿胶厂交给你们年轻人我就可以放心地走了。”

阿娇依然住在她当年自己盖的小院里。她家里的厨房一天到晚飘着袅袅炊烟，散发着诱人的香甜味。邻居和孩子们经常问，阿娇奶奶您又做啥好吃的啦？她就会把自己做好的阿胶枣、阿胶膏端出来，送给大家品尝。

有时阿娇也会把专门做好的阿胶零食送给街坊四邻品尝，还要听大家的意见和建议。她用阿胶、黑芝麻、核桃仁、红枣、冰糖做成的阿胶膏，非常受大家欢迎。她根据自己几十年的经验，把阿胶做成几十种方便好吃的小食品，县里县外都有人来找她要。她把这些自己在家琢磨出的东西，经过大家品尝后，受欢迎的品种再交给厂里按膳食标准去开发。最早推出的阿胶枣产品是用乐凌的小枣加上阿胶做的，第一年就卖出去了三十吨。后来产品供不应求，只有提前订购才能拿到货。也有很多兄弟企业，或是自己准备创业的乡亲们慕名而来，找阿娇专门学习阿胶小食品工艺，阿娇总是毫无保留地教给大家。还附上配方：

阿胶膏

1. 把阿胶、冰糖打成粉（现在每个经营阿胶的药铺都配了打粉机）。

2. 把黑芝麻淘洗干净，晾干后放入炒锅内用文火缓慢加热，并不断搅拌，观察其水汽蒸发情况，闻其气味，开始时，略有青草气味，要不停搅拌炒制无水汽后，手感黑芝麻干燥、变轻。取少量的黑芝麻用拇指和食指单层挤压即破碎，并且气味略带香气时，立即出锅。

3. 核桃仁必须经过严格挑选、必须把隔膜去掉，挑选清洗后的核桃仁放入炒锅内用文火缓慢加热，并加盖锅盖，定时翻动。待核体温度升高后，将火稍微加大，不断翻动，炒制到核体略显黄色，并看到在锅内核体的内衣碎屑增多时，取核体用手轻捻，若内衣极易脱落，即可出锅，降温。

4. 用小毛刷或者用纱布蘸少许香油均匀地涂在不锈钢盘内表面，备用，千万要注意毛刷别掉毛。

5. 把阿胶粉、冰糖加入黄酒放在不锈钢锅内，先搅拌均匀后用文火加热，并不断搅拌使其溶化；观察溶液的沸腾状况，看到泡沫由浅变深时，改用小火加热，并加速搅拌；观察糖胶液在从搅拌铲向下流动时的状态，当由原来的几条线变成一条线时（俗称挂旗），加入炒香的黑芝麻、核桃仁，加速搅拌使之均匀；把熬制好的阿胶糕倒在事先已涂上油的不锈钢盘上，用木铲拍平。

6. 在自然条件下冷却，在冬天放置一天即可，夏天温度高时，可放在冰箱里冷冻 1 小时左右即可变硬成型，然后用刀切成块。

7. 为防止粘在一起不方便取用，可用糯米纸分开包装，放冰箱内冷藏储存。

8. 阿胶糕中也可加入枸杞、葡萄干、花生仁、瓜子仁、红枣等常用食品原料丰富口味。

9. 注意事项：（1）原料要处理干净，黑芝麻淘洗、核桃仁去壳去隔膜洗净，以防成品牙碜。（2）芝麻、核桃要炒熟，黑芝麻炒至有响声时；核桃仁炒至有香味出现时。（3）熬制过程中要不断搅拌以防胶糖液粘锅 。

10. 食用方法：食用时可按照自身习惯，切成重量不同的小块服用。

黄阿娇开发的这种方便好吃的阿胶膏，首先送到华东理工大学生物工程学院进一步细化验证。之后作为膳食产品很快就出现在各大机场的贵宾室里。这款产品还风靡日本、韩国，还被华侨们起名为“桃花姬”。可能是说作为药材的“阿胶”经过如此配料加工后，变成了好吃又兼备养生作用的零食，就如同春天里绚丽多情的桃花一样，浓烈又芬芳，或是寓意吃了“桃花姬”人人变美丽。反正这款产品成为给情人、朋友、亲人送健康的标志性产品，特别是在外国的情人节还有中国的七夕节，这款产品都会爆卖。

第三节　发展的瓶颈

黄河牌阿胶系列即食产品出来后，这老厂就像充足了电的发动机般奔腾不息。产品供不应求，经常断档，东西不愁卖，效益年年创新高，自然全厂上下为此欢天喜地。市里、县里包括省里来调研的领导和南来北往的客户，来厂参观购物的、洽谈订货的络绎不绝。阿娇听说了自然也高兴得合不拢嘴。但是，市场上各种仿冒的产品也开始出现，驴皮紧俏到了又一次“洛阳纸贵”的程度。等着购买产品的销售客商们，拿着钱排队等提货的络绎不绝。日本、韩国客商点名要订购大量的“桃花姬”产品，韩国、印尼、东南亚也要求大量进口。阿胶口服液和补血浆成了当家产品。

中外媒体争相报道，宣传推介的力度超乎想象。爆发式的市场需求使年轻的厂长刘大伟既兴奋又苦恼。兴奋的是产品销路好，成了县里的纳税大户，苦恼的是缺少原材料合格的驴皮，全厂生产成了等米下锅的状态了。市场上假冒产品又屡禁不止……在这节骨眼上郭敏敏又留下一封辞职信，不辞而别。

别人都称刘厂长是晚婚模范，可他自己一直犹豫不定，他喜欢郭敏敏的大方、率真，更喜欢白雪的温婉和敬业。他们几个都是同学，但他一直摸不透郭敏敏的想法。郭敏敏三天两头往老厂长家跑，有时候还住在老厂长家。去年狗剩曹建国从新疆回来探亲听说还单着呢。也有人开玩笑地说，郭敏敏是不是要给老厂长做儿媳妇？但他觉得郭敏敏近来看他的眼神总是怪怪的……现在郭敏敏又突然丢下辞职信不辞而别……他们工厂里还从来没有遇到辞职这样的事情，因为阿胶厂在东阿可是个一等一的铁饭碗，多少人托关系找门路想来阿胶厂。现在这郭敏敏一去不回，刘大伟便下了决心和敬业的白雪结为连理，赶快了了自己的终身大事，不让父母和老厂长再操这个心。

刘厂长想来想去决定晚上下班后，和白雪一同去老厂长家看看。一来让老人家帮助厂里出出主意，二来和老人家商量一下他和白雪登记结婚的事情。他和白雪也都三十多岁了，两边的家长都是着急地一直催婚。下班后和白雪一块儿到老厂长家讨个主意，也让老人家分享他们的幸福、快乐。他和白雪的婚姻在全厂职工眼里应该是水到渠成，也许正是因为郭敏敏不想看到刘大伟即将登记结婚新娘却不是自己，于是不舍地离开了用青春为之奋斗的阿胶厂，只留下一封对阿胶厂情深意重的信便不辞而别了，为此刘大伟心里也是很不好受。

刘大伟笑呵呵地在电话里对老厂长说：

“老佛爷，我今天晚上没饭吃了，晚饭到您家讨口吃的行吗？”

阿娇高兴地说：

“呵呵！我可不是老佛爷！那个老佛爷只知道享用阿胶，我可是熬了一辈子的胶呀……”

“是的！您是新中国的女干部！改革开放的女企业家！咱们东阿的老党员！”

“哈哈……哈哈……”

“好！好！你把白雪一起叫来吧，我给你们准备点好吃的……”

刘大伟觉得有点奇怪。这次老人家只说叫上白雪，没说叫郭敏敏，也没说再叫别人，难道她已经知道郭敏敏要走了？也知道了他和白雪准备结婚？不知道是谁告诉老人家的，郭敏敏交辞职信只有他和张书记知道，连白雪都不知道。

张书记对郭敏敏主动辞职感到遗憾，但内心却又隐隐有些高兴，因为他一直担心刘大伟和白雪、郭敏敏他们之间的关系，怕刘大伟脚踏两只船搞三角恋爱，怕这年轻有为的厂领导惹上麻烦，所以他千方百计地促成白雪和刘大伟的婚事。

刘大伟有时候自嘲地笑着对张书记说：

“我就是一个俗人，也不是贾宝玉，她俩也不是林黛玉和薛宝钗，就是咱们阿胶厂并肩作战的同事，咱们阿胶厂忙得脚打后脑勺，哪有那个闲情闹三角恋爱，书记您尽管放心吧，人家郭敏敏眼光高看不上咱。”

下班后刘大伟和白雪一前一后地骑着自行车，赶往老厂长家里。刘大伟这次才仔细地打量着换下工作服的白雪，米白色的呢子大衣清新脱俗，胸前围着白底小碎花的纱巾在晚风中飘起，修长的身材骑在自行车上，显得那么轻盈潇洒。他好像第一次发现白雪很漂亮，瞬间反而感到有点自卑，自己除了有点小智慧和对工作敬业外，何德何能配得上这么好的姑娘。

骑在他这二八的大金鹿车上，远远地就看见老厂长扶着门框在张望着。他俩像孩子见了娘似的，麻利地从自行车上跳下来，兴冲冲地奔到阿娇身边。阿娇说道：

“看到你们就高兴，赶快洗手吃饭吧。”

边说边朝屋里喊：

“敏子，他们来了咱们可以开饭了吗？”

刘大伟惊得张大了嘴巴，白雪啊了一声，朝屋里大声说：“我说最近在厂里怎么没见着你，还以为你出差了，原来你在老厂长家啦。”

第四节　阿胶里的科学

刘大伟看到郭敏敏头上戴着阿胶厂的旧工作帽，把两条辫子塞在帽子里，显得鼓鼓囊囊的，整齐且略显卷曲的刘海儿留在帽子外边。身上穿着阿胶厂老式的蓝色工作服，系着个小花布围裙，看样子是帮着老厂长做饭来着。

郭敏敏笑着说：

“你俩有口福，饭菜刚准备好。”

刘大伟从郭敏敏口中听出了这个“你俩”的含义，明白了她在辞职信里那份对阿胶厂的留恋又必须要走的无奈……

刘大伟便打着哈哈说：

“我们在厂里就闻到了香味，做什么好吃的啊！”

白雪也感到满院子都是肉香。

阿娇也笑着说：

“今天就请你们吃天龙宴。”

刘大伟和白雪直奔南屋的厨房。当他们看到一桌子荤素搭配色香味俱全的丰盛菜肴时，馋得刘大伟捏起盘子里的一块肉，直接放进嘴里。

阿娇拍了一下他的后背说：

“你这学化学的也不去洗手就吃。”

刘大伟边吃边说：

“这天龙肉用什么法子做得这么香啊。”

郭敏敏抢着说：

“我干妈把带骨的驴肉在砂锅里用小火炖了一晚上。除了放葱姜大料外，还放了桂皮、白孜、丁香，总共有十几味中药材。除了桌上的菜，还给我们准备了鸡汤驴肉火锅呢。”

阿娇催他们赶快坐下，慢声细语地道来：

“以前大家都说，高唐的驴肉好吃，我除了跟人家学了几手外，最近在家也琢磨了几样，你们今天每样吃一点，每样都尝尝。有红烧驴蹄筋、清炖的驴排骨、油炸驴肉丸子。”

阿娇边说边给他们夹菜。

“咱东阿的老百姓祖祖辈辈就传说，天上的龙肉地下的驴肉。以前咱们阿胶厂只要驴皮加工熬胶，没有想到驴肉的开发。”

刘大伟说：

“是啊！您老就是高明，老百姓要是能再把驴肉卖个好价钱，他们就会更爱养驴了。”

阿娇接着说：

“我和敏子叨咕了一天了，咱们厂要安排几个人，成立个小组专门研究一下驴肉、驴骨头、驴血的加工和用途。为了驴皮能供得上我们，我们还得在偏远山区推广养驴的技术，让千家万户帮咱们养起来，那咱们还愁驴皮啊！”

阿娇一席话使刘大伟茅塞顿开，他大声比画着说：

“凡是能帮咱养驴的农户，小驴不让他们花钱，咱们买了送给他们养着，等驴长大了咱们回收时再扣除小驴的钱。”阿娇高兴地说：

“敏子已经说了，她愿意带几个年轻人把这件事干起来。”

刘大伟忙说：

“不行、不行，让她干这件事太辛苦了。”

郭敏敏看了一眼刘大伟说：

“我不怕辛苦。”

阿娇对郭敏敏说：

“你先去一趟广州吧，和家里亲人们见个面再说工作上的事，他们从国外来一次也不容易，你自己的事也该考虑了……”

阿娇的一席话使大家一时无语。

刘大伟心里五味杂陈。

白雪心想：

“这个郭敏敏啊！全厂都知道我俩是无话不谈的好朋友，可你家来人，你要去广州，却不告诉我一声。忽然又一想，人家先来告诉她干妈也是对的呀，自己咋又犯了小心眼的毛病。”

于是笑着岔开话题大声说：

“老厂长，古人和我们现在的人都知道咱东阿产的阿胶好，但是为什么好，大家都说不清楚，我们刚进厂的时候您就说过：郦道元在《水经注》里面，除了说我们国家的名山大川地理地貌外，还写到了东阿的阿胶用的水质和它的特点。东阿的水发源于泰山山脉和太行山山脉，它沿途经过沙层的过滤，溶解了大量的矿物质。一立方的水比平常的水重四到五斤。此水，有利于打除杂质，并且有利于药效的发散。古代人什么检测仪器都没有，他怎么知道这个水的来龙去脉以及对制造阿胶的重要作用？郦道元说的这些个矿物质到底是什么，比重有多大，到底重不重，我们应该请权威部门帮助分析化验，好说服那些怀疑咱们阿胶品质的人。”

阿娇说：

“是啊！现在条件好了，不能只请一家，咱们请上两三家权威部门帮助化验一下，比较一下。”

刘大伟说：

“我们回去就落实。”

那天饭后刘大伟将东阿平时熬胶的水，送到三家大学的化学系实验室，化验结果基本一致，东阿的水比重 1.0038，和南方的水相比，一立方米的水，就重了 2.7 公斤，比纯净水重 3.8 公斤。这多的 3.8 公斤的矿物质是有益于人体的微量元素。它们在制作阿胶的工艺当中发挥着郦道元讲的“有利于打除杂质”的作用。驴皮分为上层、下层和表皮，熬阿胶用的是驴皮中间的胶原蛋白。上下表皮和我们手指甲、头发一样属于胶原蛋白。在化皮的时候胶原蛋白都跑到水里面去了。在水里面都是分子状态，过滤是过滤不出来的，治病、保健靠的就是这种胶原蛋白。所以说这胶原蛋白的分离，就是靠这个高矿物质比重大的水，在这里起着蛋白质的盐析作用，把它分开了。所以老工人熬着熬着，就要在大铁锅里边，弄个瓢在缸里面舀点当地的抽上来的地下水，放在锅里边。水一放在锅里边就能看到，这个锅开了以后马上有一些絮状物往上跑。这个絮状物就是见到了这个矿物质的金属离子，而被中和的胶原蛋白搅在一起浮了上来。当时整个实验过程的原理解析，是在山大化学系主任、英国剑桥留学回来的博士指导下完成的。古老的阿胶终于在现代科学的验证下被揭开神秘的面纱，阿胶业界引起了很大的轰动。后来很多学者发表了东阿阿胶的系列文章。最终东阿阿胶产品和生产工艺都被列为国家非物质文化遗产。

第五节　真假阿胶

阿娇奶奶的最大爱好，就是听广播。老太太从广播里了解到 DNA 可以做亲子鉴定，便想到用 DNA 区分真假阿胶。也就是区分哪些阿胶是驴皮做的，哪些阿胶是牛皮和马皮做的。阿娇奶奶一提到用马皮、牛皮做成假冒的阿胶时就义愤填膺。

她常说：

“这种做假阿胶的人，就是谋财害命，他们是在犯罪，就应该杀头。”

一向善良的她每当说到假阿胶就像换了个人似的。当年她在阿胶厂时就总结了一套辨别真假阿胶的办法，专门印在说明书上：

“真品阿胶：真阿胶，烊化后，气味清香，有麻油味，稠而不黏腻，味微咸。十年以内者，呈苍翠色，质尚坚，五六十年以上者，色转黄而松脆更佳。真正的驴皮胶表面呈棕黑色，光滑，光照透明呈棕红色，质硬易碎，断面棕褐色，具玻璃样光泽，气微香，味微甜。气味：真者无皮臭味，夏日亦不湿软。正品阿胶砸碎后，放入杯中，加沸水适量，随即盖上杯盖，放置1~2分钟，打开后胶香味浓。或去除胶片外层包装，用湿热毛巾包1~2分钟，打开后，有胶香味。

“伪品阿胶：有的利用旧杂皮、烂皮、动物碎骨等熬制而成的牛皮胶、杂皮胶，味臭难闻，色暗无光，质硬不易破碎，断面乌黑或灰黑，气微腥，外形不光滑，不平整，有黏性，夏季容易软化，服用后不仅对人体无益，其中的有害物质还会危害人体健康，伪品经以上两法检验，无胶香味，有腥臭味；于水中加热融化，液面有一层脂肪油，具肉皮汤味。”

黄阿娇这辈子最痛恨的就是假阿胶。经过几年的努力，由天津大学研制的基因检测阿胶的仪器终于生产出来了。

有一天，刘大伟拿着做出的新仪器专门到阿娇奶奶家里给她汇报并让她观看，因为刘厂长知道她从来都是相信眼见为实。阿娇奶奶看到这款用DNA检测法设计出的识别真假阿胶的仪器时，激动地说：

“在每个专卖店里都要放台这种检测仪器，随时帮助人家测，让用户放心，不但要测真假，还要按人家的要求把整块的阿胶进行粉碎加工，这些都不要收人家的费用。”

刘大伟笑着说：

“太好了！您哪里是个退休在家的老人家呀，这创新潮流比我们都跟得紧！”

刘大伟又提起郭敏敏做的养驴研究院的进展情况。

阿娇奶奶问：

“咱们现在有多少养驴基地了？敏子不容易啊！”

刘大伟说：

“咱们的养驴基地现在全国有三十多家了，是郭敏敏让她父亲在印尼组织华侨投资，每个基地投资三百万，一下子就把老百姓的养驴积极性调动起来了。最近新发展的还有云南大理、甘肃庆阳和新疆喀什，云南大理的驴肉已在当地形成了大产业，现在去云南大理旅游的人都要捎回几斤驴肉呢。”

阿娇奶奶又说：

“敏子来信说，她在喀什的养驴基地里，把驴的奶粉都开发了出来。她信里还说，肿瘤病人喝了身体有了明显的好转。”

刘大伟说：

“是的，请了北京的几个专家过去，专家们都说，没想到驴奶的营养价值这么高，那里的老百姓喜欢养毛驴，毛驴能干活只吃草，不生病好养活，您要是能去那儿看看多好，顺便去看看您那一对双胞胎孙子。”

阿娇奶奶笑着说：

“不去了，去了还不把这把老骨头扔那儿，他们来电话说等工作的事安排好了，孩子大一点就回来看我。年轻人什么时候能清闲啊，有你们在身边，他们来不来我都不稀罕了，就是真想见见我那两个大孙儿！”

刘大伟微笑着说：“建龙和郭敏敏的小日子过得让人羡慕。”

两人正说笑着，厂里李秘书突然带着一个穿着洋气的老太太，还拖着两个大行李箱来到家里，这个陌生女人的出现，让阿娇奶奶和刘厂长都摸不着头脑。

尾　声　曹天贵魂归故里

来的不是别人，正是曹天贵的妻子林爽英。正是因为她，曹天贵才与黄阿娇离的婚。她怎么来了呢？

林老太太一个人，从北京西站坐上京九线的火车，直接到了聊城。下车后自己坐了个出租车来到黄河阿胶厂，指名道姓要找黄阿娇。厂办李秘书听说她从北京来的，不知道她是谁，也不便多问，就直接把她送到黄阿娇家里来了。

自从曹天贵去世后，林爽英心里就一直憋屈得慌，自己和曹天贵过了大半辈子生了五个孩子，他居然还把黄阿娇猴年马月做的十二双鞋留着，经过了南征北战他都没丢，还像宝贝一样藏在保险柜里。她觉得曹天贵欺骗了她的感情，欺骗了她一辈子，她一辈子过得真不值，居然能输给一个农村的老太太。这次瞒着自己的亲戚和孩子，带上曹天贵的骨灰来东阿这个她人生地不熟的地方，她一定要见见这一辈子的情敌——黄阿娇，并要把这坛骨灰送给她让她看着办，也算给她出个难题。

林老太太等到曹天贵的追悼会一开完，就对孩子们说：

“你们都先回去各忙各的吧，骨灰先在家里放一段时间，我陪陪他，再说送八宝山的事。”

当时对于这十二双鞋的处理，她说什么也不让烧。追悼会开完后孩子们都各忙各的去了，她在家里怎么看这堆鞋，心里怎么不舒服。

林老太太一夜没合眼，一大早就给自己拾掇拾掇，谁也没有告诉一声就到西客站，买了一张去聊城的火车票。她自己也说不清楚来找黄阿娇究竟是要干什么。向黄阿娇示威？找黄阿娇打上一架出口气？其实她内心知道黄阿娇是个好人，曹天贵在部队挨整的时候，是黄阿娇的仗义执言，才使他们全家没有受到更大的冲击。又是在黄阿娇的授意下才使得自己的残疾儿子能够跟着黄阿娇的儿子在新疆学会养驴，能够自食其力。

自己这个半残疾的儿子，几个亲女儿都不愿意管，曹建龙却义无反顾地把这个弟弟接到自己身边一直带着，开始跟他在新疆库尔勒铁路上（部队集体转业），后又到喀什和郭敏敏一起办了养驴研究院。为了这个同父异母的弟弟连自己的婚姻大事都一再被耽搁。

林老太很好奇黄阿娇这个比曹天贵大八岁，比自己大一轮多的农村女人是什么样的。她本来还想为这十二双鞋向黄阿娇讨个说法，转念一想是自己对不起黄阿娇，黄阿娇是整个家的恩人。

当黄阿娇知道来人是林爽英时，面对这个霸占了自己的丈夫又突然造访的女人，一时心乱如麻。但她还是很快镇定了下来，想人家大老远地跑到了自己家里来，无论她来干什么都得热情接待，我可不能让厂里年轻人看到我这个老领导失了分寸。

把一辈子的恩怨先抛到了脑后，黄阿娇热情地拉过林爽英的手说：

“我的天，你是怎么摸到这里的啊？也不来个信，好派个车派个人去接你啊！也不让孩子陪着你来。”

她边说，边指使着刘大伟和李秘书他们快去烧热水给林爽英洗脸、倒茶。

林爽英看到年过九十岁的黄阿娇瘦瘦的身材、精致的五官上略显红润的脸色，面部基本上没有什么深皱纹，素净的打扮，说话走路看上去也就像个七十多岁的样子。心里惊叹这哪像个九十多岁的老人啊，简直就活成了神仙。她甚至觉得黄阿娇比现在的自己还年轻。她过去曾听曹天贵说，黄阿娇一辈子受了很多的苦，现在居然还精神头十足，说话举止没有暮年之态，她心中不禁肃然起敬起来。

林老太太一时间词穷只连声说：

“谢谢！谢谢！”

刘大伟和李秘书也都左一个阿姨右一个阿姨地称呼她，她积了多天的火一下像卡壳的炮弹没了后劲儿。

黄阿娇也不经意间打量了林爽英。这个女人面色苍白浮肿，好久没有打理过的灰白相间的头发，显得蓬乱不堪，看她弱不禁风满脸憔悴的样子，阿娇心中立马对这个刚失去丈夫的女人产生了怜悯和同情。尽管她穿着一身高档的黑色的西服，里边穿着带蕾丝花边的白丝绸的衬衣，半坡跟的黑色的皮鞋也是高级货，但依然显得十分苍老疲惫。

林爽英冲着黄阿娇叫了一声：

“老姐姐，我把曹天贵的骨灰给您送来了。”

说着就拉开随身带来的行李箱往外拿，黄阿娇、刘大伟和李秘书全都惊诧得不知说什么才好。

黄阿娇忙说：

“你先别动，要布置一个灵堂才能放骨灰，这样对死人不尊重。”

刘大伟心里开始埋怨这个不懂大情小事的女人，但不便说出口，心想这大城市的人，咋这么办事，跟任何人都不打个招呼自己就把骨灰给送了来，几个意思？边想边让李秘书坐上车，赶快去买点白布黑纱、鲜花和果品，又从厂里叫来几个年轻人，很快在黄阿娇堂屋正厅里搭起了个像模像样的灵堂。

厂里的年轻人也在黄阿娇家门口的树上挂了两盘鞭炮，清脆的鞭炮声，把曹天贵魂归故里的消息，告诉了街坊邻居和附近村的人们。很快就有人来给曹天贵烧纸钱、吊孝。林爽英像傻了一样呆呆地看着大家忙前忙后。人来人往的吊孝的人群让她觉得自己捅了大娄子，添了大麻烦，也没有了任何主意。她陪着黄阿娇对来往的一些亲朋好友打着招呼，对半懂不懂的东阿方言只有使劲点头的份儿。

刘大伟和几个厂领导商量之后对阿娇和林爽英说：

“这得按咱这里的规矩办，要让曹老早日入土为安，马上就要过国庆节了，骨灰不能放在家里，按这里的规矩在家里只能放三天或者五天。考虑两位老人的儿子都在新疆，就决定五日后举行下葬仪式。”

林爽英本来不同意通知她的孩子们，大家劝她说：

“孩子们忙可以不来，但不能不告诉他们。”

林爽英的儿子曹建业跟着哥哥曹建龙很快从新疆坐飞机回来了。林爽英的四个女儿曹露、曹霜、曹霞、曹雯，有的带着丈夫有的带着孩子也从北京赶到了东阿，曹家一下子回来了二十多口人，这是曹家老宅百年来最热闹的一次。曹天贵戎马一生，两个老婆、六个孩子都聚齐了为他送葬，这是他的福气，也是他传奇一生的圆满句号。曹家林上又多了一个新坟，曹将军终魂归故里。

林爽英把孩子们都聚到黄阿娇身边，郑重地说：

“你们的大娘就是在世佛，就是活菩萨。我也不想回北京了，就想在东阿住下去，你们都忙你们的。我们老姐儿俩做个伴儿……现在只吃了几服你们大娘用阿胶配的药，多年的失眠也好多了……”

林爽英带来的十二双鞋被送到了曹植博物馆里的民俗厅，作为展品永久保存。旁边还立了个小牌子，上面写着：东阿阿胶非遗传人黄阿娇于抗日战争和解放战争时期制作，东阿籍解放军少将曹天贵生前收藏。由北京林爽英女士捐赠本馆。

自此，曹家庄的人经常听到黄阿娇的院子里传来她和林爽英的笑声。

鸣谢和说明

说起我写《阿胶传奇》的事，首先我要特别感谢我们这个美好的时代。尤其是党和国家领导人多次强调要树立我们中国人民的文化自信，要“讲好中国的故事”。这些铿锵有力的誓言，一直在鞭策、激励、鼓舞着我，让我坚持把这个故事写了下来。我不是搞文学的，文字水平和文学功底都差强人意，充其量也只能算是个文学爱好者。这个故事也算是我在聊城工作三年，送给聊城人民的一份薄薄的礼物，用这本小书来感谢聊城人民，在我工作的三年里，对我在工作上全方位多角度的支持，以及在生活上的关心和厚爱。

《阿胶传奇》是虚拟和现实结合的一部文学作品。它源于生活高于生活，书中的人物不能对号入座，我生长的鲁西南有很多大媳妇小女婿、离婚不离家的现实案例。我从小耳濡目染了她们的坚强不屈和博大胸怀，她们感人至深的故事，她们孝敬老人、抚育子女长大成人的可歌可泣事迹。她们是为了中国革命事业取得成功，做出牺牲和奉献的一个群体。

阿胶这个千年不衰、兴旺发达的产业，以及曹植墓的完美存在，都给了我写作的灵感。在此我也特别感谢我工作了大半生的科技部，给了我一个千载难逢的机会。

2003年根据科技部党组的安排，我到山东聊城去挂职。赴聊城前，分管社会发展领域工作的惠永正副部长诚挚地跟我说："你到聊城后，方便的时候可以去东阿阿胶厂看看，关心一下他们中药现代化的问题。"我们医务室的边燕生主任也告诉我说："阿胶是中医药方中的一味非常珍贵的配药，你到了后我们也想过去看看（因为边大夫是中医世家）。"领导的安排、同志的嘱托使我到聊城后不久，就去了东阿阿胶厂。当时董事长是刘维鋕，总经理是章安，他们陪我参观阿胶生产线并详细讲解了阿胶的功效，我特别感谢他们给我科普了阿胶的知识，如果没有他们当年百折不挠、坚持创新的勇气和大无畏的气魄，阿胶厂就不会有今天的辉煌。就算把刘维鋕和章安称为阿胶界的爱迪生，我都认为一点也不夸张。

刘维鋕是蒸球化皮机的发明人，我到聊城时刘总研发的阿胶口服液刚刚进入市场。但是，如何才能列入国家保密计划，他们正在着急中。对于国家的一些新产品保密计划，正好是我走前的计划司负责。通过一系列的申报程序和有关批复手续，阿胶口服液正式列入国家保密计划。阿胶厂的领导也开始认识到我这个挂职干部也是能做成点小事的，我也开始初步了解到他们厂里的一些科研能力和研发水平。

阿胶厂对科研投入的高度重视，完全出乎我的意料，他们为了和华东理工大学真诚达成合作，专门出资三百多万元（二十世纪七十年代到八十年代的三百多万元）在校园内盖了一座欧式的科研小楼（现在已成为结婚拍照的取景点）。阿胶厂对新产品的开发一直由华东理工大学生物系张元兴教授和他带领的团队负责。我曾经在863联办工作过，张教授是863某个领域的专家组的副组长，我们以前就认识，又是老乡。他们的研发能力和水平一直让我很钦佩，他们对阿胶厂的支持也让我非常感动，他们还专门派出博士团队在阿胶厂常年负责科技研发工作。

在各有关部门的大力支持下，经过反复论证，国家还批准了在东阿阿胶厂建立“国家胶类工程技术研究中心”。这里我不得不说要特别感谢英年早逝的邹建强同志，他当时在社会发展司负责中医药工作，当他参观了阿胶厂并了解了其研发能力后，力排众议组建了国家级胶类工程技术研究中心。负责这项工作的黎懋明司长也亲自到现场考察指导并提出多项宝贵意见。

我在聊城工作期间，有七位部领导来过阿胶厂，国务院参事刘燕华副部长五次来聊城，最近一次来阿胶厂，自己花了八千块钱买了两头小毛驴，送给他曾经下乡的内蒙古山区的乡亲去饲养。

科技部离退休干部局曾组织过一百多名离退休的老干部来阿胶厂参观考察，他们对阿胶厂的发展提出了非常好的建议，如：要大力发展养驴产业，必须靠人工繁殖，养驴要作为一个扶贫项目进行开发，等等。

由于陪同领导专家的一次次参观学习，使我对阿胶的知识有了进一步的了解。这个有着三千年历史的产品，它不但在国内深受关注和喜爱，原来在国外也有很高的美誉度，它能够生存和发展一定有它的道理，因为这个产品特别接地气，老百姓非常喜欢和认可。

当时，时任东阿县县委书记的霍高原多次说应该为阿胶正本清源写本书，他的这个想法还得到了当时聊城市委书记郭兆信（后来任副省长）、市长张秋波（后来任东营的书记）的鼓励和支持。当我的老领导石定寰听我说想写阿胶的故事时，也给了我很多鼓励和精神上的支持，聊城市的领导和东阿县的历届领导也都非常支持，要我讲好这个故事。特别是曾任东阿县县委书记的雷霞同志亲自安排县委宣传部门全面配合，并要求有关部门和单位提供各种资料和图片给予支持。

当我最敬重的老部长徐冠华院士听秘书说我正在写《阿胶传奇》时，他亲自为这本书撰写了前言，并对中药现代化给予了高度评价。徐部长对我本人的夸奖，我特别感激，他在工作上对我的关心、支持和指导，我也没齿难忘。老领导对中医中药如何发展可谓高屋建瓴，他才是一位真正的战略科学家。

这本书如果能成书出版，我还要特别感谢冉红大姐和李姝林小妹妹。冉红大姐77岁的高龄一直笔耕不辍，写了两千多万字的作品，获得国内外大奖无数。当冉大姐看了我写的《阿胶传奇》初稿时，给予了充分的肯定并亲自写序。由于冉大姐的认可，我才不好意思地拿着我的书稿给我仰慕已久的李姝林导演看，她在电影艺术界深耕几十年，她不嫌我这个初学者文字粗浅，并亲自帮我修改，精心给予指点。

从喜欢写作到真正写出一部像样的书稿，可真的不容易，如果这本书能够出版，李奕恒同志更是功不可没，他这位学中文的多次帮我修改润色并提出了很多非常好的建议。

非常感谢何忠义博士对本书的精心修改和润色。也非常感谢工人出版社的主编和责编们，特别是葛忠雨、宋杨和严春老师，对我这个初学创作的老人给予了极大的耐心和细致指导。同时也感谢美编和设计人员，没有你们的辛勤付出，这本书就不可能与读者见面。感谢你们为创新创业者默默的奉献。

我还特别感谢东阿阿胶股份有限公司的高登锋董事长，他亲自为本书题写书名，不但在出版中给予大力支持，在写作过程中也多次给予我鼓励和帮助。程杰总裁对《阿胶传奇》的撰写和出版也倾注了大量的心血。刘广源副总裁一次次接待我们团队，并拍好照片发给我们。县委宣传部门的杨光同志、东阿阿胶的历届领导和负责宣传工作的有关同志都给予了全方位多角度的支持。我发自内心地感谢你们。

东阿阿胶股份有限公司是国内最大的阿胶系列产品生产经营企业，隶属央企华润集团，是国家高新技术企业、国家级非物质文化遗产传承企业、第三批国家工业遗产。作为红色央企华润大家庭的重要成员，东阿阿胶认真贯彻落实习近平总书记关于中医药事业传承创新的重要指示精神，秉承“寿人济世”的使命，坚守“厚道、地道、传承、创新”的价值观，在促进中医药事业传承创新发展方面作出了重要贡献，取得了显著成绩。同时，在我撰写《阿胶传奇》的过程中，是东阿阿胶人的敬业、创业、创新的精神在激励鼓舞着我。企业的宣传部门多次与我沟通，并为我提供了大量的素材和图文资料。再次感谢东阿阿胶股份有限公司的全体同志们。这本小书是我们共同的精神食粮。我们共同为企业的开拓进取、守正创新而鼓与呼，我们的目标是努力前行！

这本书，不但是我献给聊城600万人民的一份薄礼，同时也是想用这本书，从一个侧面来反映山东鲁西南人民当年参军入伍、浴血奋战、在战争年代勇于奉献和敢于牺牲的革命精神。中国的母亲忍辱负重，为国为家筚路蓝缕，也绝不丢掉中华民族伟大的传统文化和传统产业，并且在艰难困苦中、在创新发展中砥砺前行。我们永远不能忘记，新中国能有今天，是中国的父老乡亲，用小车把中国革命从低谷推向了高潮。

山东是我的家乡，我也是想用这本书，献给山东母亲一个深深的吻。

刘玉兰

2022年10月1日

北京